플랑드르인의 집

SIMENON

Maigret

플랑드르인의 집

SIMENON
Maigret

조르주 심농 · 성귀수 옮김

매그레 시리즈 14

이 책은 실로 꿰매는 정통적인 사철 방식으로 만들어졌습니다.
사철 방식으로 만든 책은 오랫동안 보관해도 손상되지 않습니다.

1

안나 페이터르스

지베 역에 이르러 기차에서 내렸을 때 매그레의 눈에 처음 들어온 사람이 안나 페이터르스였다.

마치 기차가 정확히 플랫폼 그 자리에 와서 멈출 거라 예상이라도 한 듯, 그녀는 객실 바로 앞에 서 있었다! 전혀 놀란 눈치도, 뿌듯해하는 표정도 아니었다. 파리에서 보았던 그대로의, 늘 그런 정도의 모습이었다. 쇳빛 회색 투피스 정장 차림에 검정 구두, 시간이 지나면 딱히 기억에 남지 않을 모양과 색상의 모자를 쓰고 있었다.

몇몇 여행객들만 어슬렁거리는 플랫폼을 바람이 쓸고 지나는 가운데, 그녀는 더욱 크고 강인해 보였다. 코가 발개져 있었고, 손에는 돌돌 말린 손수건을 쥐고 있었다.

「오실 거라 믿고 있었습니다, 반장님……」

자신을 믿었다는 말인가, 반장을 믿었다는 말인가? 사람을 맞으며 웃지도 않았다. 대뜸 질문부터 했다.

「다른 짐은요?」

없었다. 짐은 반들반들 손때에 전 큼직한 가죽 트렁크 하나뿐이었는데, 제법 묵직한데도 매그레는 그걸 직접 들고 있었다.

이번에 기차에서 내린 승객들은 전부 삼등칸 이용자들이었고, 다들 이미 플랫폼을 벗어나 있었다. 젊은 여자가 역 출입권을 내밀자, 역무원이 집요하게 쳐다보았다.

밖으로 나오자마자 그녀는 아무 거리낌 없이 얘기를 이어 갔다.

「처음에는 집에 방 하나를 내드릴까 생각했어요. 근데 좀 더 생각해 보고는, 차라리 호텔에 묵으시는 게 낫겠다 싶었죠. 그래서 뫼즈 호텔에 제일 좋은 방을 잡아 놓았답니다……」

지베의 좁은 거리들을 1백여 미터 파고들기가 무섭게, 여기저기서 사람들이 힐끔힐끔 돌아보았다. 매그레는 힘겹게 가방을 든 채 무거운 발걸음을 옮기고 있었다. 그는 사람과 건물, 특히 동행하는 여자를 포함한 모든 주변 환경을 주시하려고 애썼다.

문득 정체를 알 수 없는 어떤 소음이 들렸다.

「이게 무슨 소리죠?」

그의 질문에 여자가 대답했다.

「뫼즈 강이 불어나면서 교각에 물살이 부딪치는 소리

예요. 3주 전에 이미 선박 운항이 중단된 상태지요.」

어느 골목길을 벗어나자마자 눈앞에 강이 펼쳐졌다. 강폭이 넓었다. 기슭은 선명하지가 않았다. 황토색 물결이 이곳저곳에서 초지(草地)를 잠식해 들어가고 있었다. 저만치 창고 하나가 수면 위에 덩그러니 모습을 드러낸 곳도 있었다.

최소 1백여 척은 되어 보이는 거룻배와 예인선, 준설선들이 서로서로 연결되어 대규모 군집을 이룬 채 떠 있었다.

「다 왔습니다. 썩 안락한 호텔은 못 되지만…… 일단 들어가서 목욕이라도 하시죠…….」

당혹스럽기 짝이 없었다! 지금의 기분을 무어라 정의해야 할지 매그레는 알 수가 없었다. 예뻐 보이려고 애쓰는 기색 하나 없고 미소 한 번 짓지 않으면서, 항상 차분하고 가끔 손수건으로 코끝을 토닥이며 닦는 이 여인만큼 세상에 그의 호기심을 일깨운 여자는 없었다.

스물다섯에서 서른 살 사이쯤 된 것 같았다. 신장은 보통보다 조금 큰 편인데, 강건해 보이는 골격 때문인지 여성스러운 자태의 매력은 많이 희석되는 편이었다.

소시민 특유의 복장에서는 극도의 검소함이 배어났다. 조용한 몸가짐은 거의 고상하다고까지 말할 수 있었다.

사람을 환대하는 태도를 확실히 갖추고 있었다. 자기 집에 사람을 들이듯 편안한 분위기였고, 모든 걸 고려해 둔 표정이었다.

「목욕을 할 필요까지는 없습니다.」

「그렇다면 곧장 저희 집으로 가실까요? 가방은 여기 종업원한테 맡기죠…… 보이! 이 가방 좀 4층으로 올려다 주세요. 손님은 조금 있다 돌아오실 겁니다.」

호텔 종업원을 곁눈으로 살피며 매그레는 속으로 중얼거렸다.

〈음…… 내 꼴이 참 멍청하게 보이겠구먼!〉

이 모습 어딜 봐서 어린애 취급을 당할 만하겠는가! 여자가 장난스럽게 애교를 떠는 것도 아닐진대, 덩치만 해도 여자의 두 배는 되는 데다 큼직한 외투가 흡사 바위로 깎은 석상 같은 인상을 주고 있지 않은가 말이다.

「너무 피곤하신 건 아니죠?」

「전혀 피곤하지 않습니다!」

「그럼 일단 가면서 일찌감치 기본 설명을 드려도 되겠군요…….」

기본 설명이라면, 파리에서 이미 그녀 입을 통해 직접 들었다! 하루는 집무실에 들어서니 이 처음 보는 여자가 그를 두세 시간이나 기다리고 있는 것이었다. 사환이 아무리 다음에 다시 오라고 해도 막무가내였던 모양이다.

다른 수사관 두 명이 있는 데서 대뜸 무슨 일이냐 물어보자, 그녀는 단호한 말투로 이랬다.

「사적인 내용입니다!」

결국 둘만 남고서야 그녀는 편지 한 장을 내밀었다. 매그레는 낭시에 사는 처사촌 처남의 필체를 단박에 알아보았다.

사촌 매형

안나 페이터르스 양은 제 이복형제의 소개로 알게 된 여자인데, 그와는 10여 년 전부터 아는 사이랍니다. 아주 신중한 아가씨인데, 자신이 겪은 불행에 대해 직접 이야기를 해드릴 거예요. 그녀를 좀 도와주셨으면 합니다…….

「낭시에 사십니까?」

「아뇨. 지베에 살고 있어요!」

「근데, 이 편지는…….」

「파리에 오기 전에 급히 낭시에 들렀어요. 지인이 경찰에 유력한 분을 알고 있다고 해서…….」

그렇고 그런 민원인의 모습이 아니었다. 두 눈 똑바로 뜨고, 전혀 주눅 든 기색이 아니었다. 마치 정당한 권리를 주장하는 것처럼 상대의 눈을 정면으로 응시하는 가운데 단호한 어조로 이야기하고 있었다.

「이 일을 맡아 주길 거부하신다면, 저희 부모님과 저는

큰일 납니다. 이는 사법 기관으로서 가장 지독한 실수를
범하는 꼴이 될 거예요⋯⋯.」

당시 매그레는 그녀의 진술을 몇 개의 메모로 요약해
두었다. 내용인즉 상당히 복잡하게 얽히고설킨 가족사
였다.

벨기에 국경 지대에서 잡화점을 운영하는 페이터르스
부부한테는 세 명의 자식이 있는데, 안나는 가게 일을 돕
고 있었고, 마리아는 학교 선생님으로 일했으며, 조제프
는 낭시에서 법학을 전공하는 대학생이었다.

조제프에게는 현지 아가씨와 관계해서 생긴 세 살배기
아이가 한 명 있었다. 한데 아이의 엄마인 아가씨가 갑작
스럽게 자취를 감췄고, 이에 페이터르스 부부가 그녀를
살해했거나 어딘가 격리해 가두었다는 비난이 일었다.

매그레로선 굳이 직접 나서서 이 일에 관여할 필요가
없었다. 낭시에서 근무하는 한 동료 형사가 사건을 조사
중이었던 것이다. 매그레는 그에게 전보를 보냈고, 다음
과 같은 단언 조의 답장을 받았다.

페이터르스 가족의 유죄는 명확함. 검거 임박.

결국 이 답장이 매그레를 결심토록 한 것이었다. 그는
공식적인 자격도, 임무도 없는 상태로 무작정 지베에 도

착했다. 그리고 역에 내리자마자 이 안나라는 여성의 수중에 떨어져, 그녀가 이끄는 대로 몸을 맡기되 집요한 관찰의 끈을 놓지 않고 있는 것이었다.

　물살이 거셌다. 교각마다 요란한 물굽이를 이루는가 하면 나무들을 통째로 휩쓸어 가고 있었다.
　뫼즈 골짜기로 들이치는 바람이 강물을 거꾸로 훑어 올리면서, 예기치 않은 높이로 물살을 솟구치게 하고 엄청난 파도를 만들어 내고 있었다.
　지금 시각은 오후 3시. 머잖아 어둠이 깔릴 것 같은 분위기였다.
　인적이 거의 없는 거리들엔 황량한 바람만이 휩쓸고 지나다녔다. 가끔 행인 한두 명이 잰걸음을 옮겼는데, 손수건으로 코를 푸는 여자는 안나만이 아니었다.
　「저기 왼쪽에 골목을 보세요……」
　여자는 잠시 걸음을 멈추더니 조심스럽게, 거의 눈에 띄지 않을 동작으로 골목 두 번째 집을 가리켰다. 허름한 단층집이었다. 창문에는 벌써 불이(석유등이었다) 켜져 있었다.
　「그 여자가 저기 살아요!」
　「누구 말입니까?」
　「그 여자요! 제르멘 피에드뵈프……」

「당신 남동생의 애를 낳았다는 바로 그 여자?」

「내 동생 애라면요! 아직 증명된 건 아닙니다. ……저 길 좀 보세요!」

문가에 두 남녀의 모습이 보였다. 여자는 모자를 쓰지 않았는데, 필시 공장에서 일하는 여직공 같았다. 그리고 등을 보인 채 그녀를 포옹하는 남자.

「저 여자입니까?」

「아뇨. 그녀는 지금 실종 상태거든요. 하지만 같은 족속이죠……. 아시겠어요? 그 여자가 내 동생을 억지로 믿게 만들었다고요…….」

「아이가 동생을 안 닮았습니까?」

여자는 단호하게 대답했다.

「제 엄마를 닮았죠. ……보세요, 저 인간들은 항상 뒷 구멍에서 딴짓을 한다니까요.」

「그 여자 가족은 따로 있고요?」

「공장 야간 경비원으로 일하는 아버지가 있고, 제라르 라는 오빠가 있죠…….」

작은 집과 특히 석유등으로 환히 밝혀진 창문은 이제 반장의 뇌리에 깊이 각인되었다.

「지베는 처음이시죠?」

「한 번 지나친 적은 있습니다.」

끝없이 이어진 아주 널찍한 제방에 20미터 간격으로

거룻배들을 매어 두기 위한 계선주들이 박혀 있는 광경. 몇 군데 창고가 자리하고, 깃발이 게양된 낮은 건물 한 채.

「프랑스 세관이죠……. 저희 집은 좀 더 가야 있습니다. 벨기에 세관 근처에…….」

물살이 너무 거세, 매어 둔 거룻배들이 서로 마구 부딪치고 있었다. 풀어 놓은 말들은 드문드문 돋은 풀을 뜯고 있었다.

「저기 불빛 보이죠? 저기가 저희 집입니다…….」

세관원은 두 사람이 지나가는 것을 아무 말 없이 바라보았다. 뱃사람들이 모여 있는 속에서 플라망어로 말하는 소리가 들렸다.

「뭐라고 하는 거죠?」

여자는 잠시 머뭇거리더니, 처음으로 고개를 돌려 시선을 피했다.

「진실은 아무도 모를 거라는군요!」

그러고는 맞바람의 저항을 줄이기 위해 몸을 잔뜩 숙이면서 더 빠른 걸음으로 걸었다.

도시라고 하기에는 부족했다. 배와 세관, 용선자들이 점유한 강변 지구라 해야 적절할 듯싶었다. 여기저기 세찬 바람을 버텨 내고 있는 전등 불빛. 어느 거룻배에 내걸린 채 거세게 펄럭이는 빨랫감. 진흙탕을 뒹굴며 노는 아이들.

「동료 되시는 분이 어제 또 수사 판사 대신 와서, 우리더러 법의 조치를 따르라고 하시더군요. 물탱크까지 구석구석 파헤쳐 수색을 한 게 벌써 네 번째입니다……」

드디어 다 왔다. 영락없는 플랑드르인이 사는 집이었다. 강가에서도 배가 가장 많이 지나다니는 지점에 위치한 제법 눈에 띄는 건물이었다. 근처에는 다른 어떤 집도 없었다. 1백여 미터 떨어진 곳에 보이는 유일한 건물은 삼색 기둥 옆에 자리한 벨기에 세관 사무소였다.

「누추하지만 들어가시죠……」

유리문에는 구리 제품을 닦는 데 사용하는 세제 광고가 붙어 있었다. 문에 달린 종이 울렸다.

안으로 들어서기 무섭게 밀어닥치는 훈훈한 온기, 각종 시럽 향을 비롯한 온갖 냄새들, 조용하면서 무언지 알 수 없는 분위기가 주위를 감쌌다. 한데 무슨 냄새들일까? 일단 약간의 계피 향과 그보다 좀 더 진하게 빻은 커피 냄새가 났다. 또 석유 냄새와 함께 벨기에산 진의 원료인 노간주나무 열매의 삭은 내도 돌았다.

전구가 딱 하나 켜져 있었다. 짙은 갈색으로 칠해진 목재 계산대 뒤에는, 검은색 코르사주 차림에 머리가 흰 여인이 뱃일하는 여자 한 명과 플라망어로 이야기하고 있었다. 뱃일하는 여자는 아이를 하나 안고 있었다.

「이쪽으로 오시겠어요, 반장님.」

매그레는 온갖 물건들로 빼곡히 들어찬 선반을 구경하고 있었다. 특히 계산대 끝 함석판으로 덮은 곳에 놓인 술병들이 눈에 들어왔다. 금속 주둥이가 달려 있는 브랜디 술병들이었다.

잠시 여유 부릴 짬도 주어지지 않았다. 커튼 달린 또 다른 유리문이 그를 기다리고 있었다. 두 사람은 주방을 가로질러 갔다. 한 노인이 버들가지 안락의자를 화덕 가까이 바짝 당겨 앉아 있었다.

「이쪽입니다.」

한층 서늘한 복도를 지나 또 다른 문을 통과했다. 그러자 전혀 예상치 못한 공간이 펼쳐졌다. 반은 거실이고 반은 식당인 곳에 피아노와 바이올린 케이스가 있고, 정성껏 광을 낸 마룻바닥에 안락한 가구들이, 벽에는 복제화들이 여러 점 걸려 있었다.

「외투 이리 주세요.」

식탁이 차려져 있었다. 큼직하게 체크무늬가 수놓인 식탁보와 은제 식기류들, 우아한 자기 찻잔들이 준비되어 있었다.

「무얼 좀 드시죠…….」

매그레의 외투는 어느새 복도에 내걸렸다. 돌아온 안나는 아까보다 훨씬 덜 젊어 보이는 흰색 실크 블라우스 차림이었다.

몸내는 상당히 풍만한 편이었다. 그런데 왜 이다지도 여성미가 모자랄까? 누구에게든 마음을 줄 여인처럼 보이지도 않을뿐더러, 그녀에게 혹할 남자가 있을 거라고는 더더욱 상상이 되지 않으니!

모든 것이 사전에 준비가 된 게 분명했다. 그녀는 김이 모락모락 나는 커피포트를 가지고 왔다. 잔 세 개를 가득 채운 뒤 다시 나간 그녀가 이번에는 쌀로 빚은 파이를 들고 돌아왔다.

「앉으세요, 반장님……. 저희 어머니도 오실 겁니다.」

「피아노는 당신이 치는 겁니까?」

「저하고 언니가 쳐요. 언니는 저보다 시간이 좀 없는 편이지만……. 저녁 시간에는 과제물 검사를 해야 하거든요.」

「바이올린은요?」

「남동생 겁니다…….」

「지금 지베에 없습니까?」

「이제 곧 이리로 올 거예요. 반장님이 도착한다고 알렸거든요.」

여자는 파이를 자르기 시작했다. 의향도 묻지 않고 그녀는 손님 몫을 접시에 얹었다. 페이터르스 부인이 두 손을 가지런히 앞으로 모은 채 들어왔다. 손님을 맞이하는 수줍은 미소 속에 우울과 체념의 감정이 잔뜩 묻어나 있었다.

「안나한테서 말씀 많이 들었습니다……」

딸보다 훨씬 더 플랑드르 여인 같았고, 플라망어 악센트도 살짝 남아 있었다. 그럼에도 아주 섬세한 용모를 갖추었고 새하얀 백발은 어딘지 귀한 느낌을 풍겼다. 손님 맞이에 익숙한 여주인답게 그녀는 의자 끝에 가볍게 걸터앉았다.

「먼 길 오시느라 많이 시장하시겠어요……. 저는 이번 일을 겪으면서 식욕이 딱 사라져서……」

문득 주방에 남겨진 노인 생각이 매그레의 머릿속에 떠올랐다. 그 양반은 왜 와서 함께 파이를 들지 않는 것일까? 바로 그때, 페이터르스 부인이 딸에게 말했다.

「아버지한테도 한 조각 갖다 드리렴……」

그러고는 매그레를 돌아보며 덧붙였다.

「안락의자를 거의 떠나지 않는답니다……. 아무 영문도 모르고 있을 거예요……」

모든 것이 현재 불어닥친 사태와는 정반대의 분위기였다. 이처럼 먼지 하나 없고, 바람 한 점 들이치지 않는, 난로 소리 외엔 아무 소음도 들리지 않는 플랑드르 가옥의 고요한 기운 앞에선 그 어떤 험악한 사건도 슬그머니 비껴 지나갈 것 같은 느낌이었다.

매그레는 두꺼운 파이를 먹으며 물었다.

「정확히 며칠이었습니까?」

「1월 3일…… 수요일이었죠.」

「지금이 20일이니까…….」

「네, 곧바로 우리를 범인으로 본 건 아니었습니다.」

「그 아가씨는…… 이름이 뭐죠?」

「제르멘 피에드뵈프예요……. 저녁 8시쯤에 왔죠. 가게로 들어오는 걸 어머니가 맞이했거든요.」

「무슨 일로 왔던가요?」

순간, 페이터르스 부인은 눈을 문질러 눈물 훔치는 시늉을 했다.

「항상 똑같았습니다. 조제프가 자기를 만나 주지 않는다면서, 아무런 소식도 없다고 불평했어요. 세상에, 얼마나 열심히 공부하는 아이인데! 분명히 말씀드리지만, 어떤 일이 있어도 학업을 계속해야 마땅한 아이랍니다.」

「그 아가씨는 여기 오래 있었나요?」

「한 5분쯤요……. 목소리 좀 낮추라고 말해야 했을 정도였죠. 뱃사람들이 다 들을 수도 있었으니까요. 그때 안나가 와서, 그만 나가 주는 게 좋겠다고 했어요.」

「그래, 나가던가요?」

「안나가 밖으로 데리고 나갔죠……. 저는 주방으로 돌아와 식탁을 치웠고요.」

「그때 이후 다시는 그 아가씨를 못 본 건가요?」

「전혀요!」

「동네에서 그 아가씨를 본 사람도 없고 말이죠?」

「다들 못 봤다고 하더군요!」

「혹시 자살하겠다고 한 적은 없습니까?」

「천만에요! 그런 여자들은 절대 자살하지 않아요.
……커피 좀 더 드시죠? 파이도 조금 더 드릴까요? 안나
가 만든 거랍니다.」

안나의 이미지에 새로운 한 획이 보태지는 순간이었
다. 그녀는 평안한 모습으로 의자에 앉아 있었다. 마치
역할이 뒤바뀐 것처럼, 그녀는 반장을 꼼꼼히 살피고 있
었다. 여자가 파리 경찰청에서 나온 사람이고, 남자가 이
플랑드르 집에 사는 사람 같았다.

「그날 저녁 내내 무슨 일을 했는지 기억하십니까?」

안나가 쓸쓸한 미소를 지으며 대답에 나섰다.

「그 질문은 하도 많이 받아서 세세한 것들까지 죄다 되
짚어야만 했지요. 집에 들어오자마자 뜨개질감을 가지러
방으로 올라갔어요. 내려왔을 땐 여기서 언니가 피아노
를 치고 있고 마르그리트가 방금 도착한 참이었죠…….」

「마르그리트요?」

「저희 사촌이에요. 판 데 베이르트 박사님 딸이죠. 그
집도 지베에 산답니다……. 어차피 알게 되실 테니까, 이
참에 말씀드리는 게 낫겠네요. 그 아가씨가 바로 조제프

21

의 약혼녀랍니다……」

가게 출입문 종이 울리자 페이터르스 부인은 한숨을
내쉬며 자리에서 일어났다. 잠시 후 플라망어로 말하는
그녀의 목소리가 들렸는데, 거의 쾌활하다고 할 음성이
었다. 이어서 강낭콩인지 완두콩인지 무게 다는 소리가
들렸다.

「그래서 저희 어머니가 심히 괴로워하시는 거죠…….
조제프와 마르그리트는 언제든 결혼을 하기로 정해진 사
이입니다. 열여섯 나이에 벌써 약혼을 했거든요……. 하
지만 조제프에겐 마쳐야 할 학업이 있었죠. 그러던 와중
에, 그놈의 아이가 생겨난 겁니다…….」

「그럼에도 불구하고 둘은 결혼할 생각이었나요?」

「아뇨! 단지 마르그리트가 다른 누구와도 결혼하지
않겠다는 거였죠……. 둘이 여전히 사랑하고 있었던 겁
니다…….」

「제르멘 피에드뵈프도 그 사실을 알고 있었나요?」

「그럼요! 그런데도 죽자고 결혼하겠다는 거였어요, 글
쎄! 남동생은 결국 사태를 수습한답시고 그러겠다 약속
을 했고 말이죠. 시험이 끝나는 대로 결혼식을 올리게 되
어 있었습니다.」

또다시 가게 출입문 종소리가 울렸고, 페이터르스 부
인이 종종걸음으로 주방을 가로질렀다.

「3일 저녁 시간대 얘기를 계속해 주시죠.」

「네…… 그러니까 제가 그날 저녁 내려왔을 때 언니와 마르그리트가 이 방에 있었다는 건 말씀드렸고요……. 밤 10시 반까지 피아노를 쳤지요. 아버지는 평상시대로 9시부터 잠자리에 드셨고요. 언니와 저는 다리까지 마르그리트를 배웅해 주었죠.」

「도중에 아무도 마주친 사람이 없나요?」

「없어요……. 날이 추웠습니다. 우린 곧장 집으로 돌아왔고요……. 다음 날, 우린 아무것도 모르고 있었죠. 근데 오후가 되자 제르멘 피에드뵈프의 실종 얘기가 들리더군요. 사람들이 우리를 의심하기 시작한 건 이틀이 더 지나서였습니다. 그 여자가 우리 가게에 들어오는 걸 누군가 봤다는 거죠……. 경찰서에서 소환을 하더니, 그다음에는 낭시에서 근무한다는 반장님 동료가 저흴 조사하더군요. 피에드뵈프 씨가 정식으로 고발을 한 것 같았습니다. 그 뒤로 집 안은 물론 지하실, 헛간 할 것 없이 모조리 쑤시고 뒤졌어요. 심지어 정원까지 파헤치더라니까요…….」

「3일에 당신 남동생은 지베에 없었습니까?」

「없었어요! 토요일이나 돼야 오토바이를 타고 오거든요. 주중 평일에 오는 경우는 무척 드뭅니다. 온 마을 사람들이 우릴 싫어해요. 우리가 플랑드르인이고 돈도 좀 있어 보이니까 그런 거죠…….」

목소리에서 오만함의 뉘앙스가 느껴졌다. 아니, 넘치는 자신감이라고 해야 할까.

「사람들이 무어라고 없는 말을 만들어 내는지 아마 상상도 못 하실 겁니다…….」

가게 종소리가 다시 울렸고, 이어서 젊은 목소리가 들려왔다.

「저예요! 신경 쓰지 마세요.」

급한 발소리가 가까워지는가 싶더니, 매우 여성적인 실루엣이 식당으로 들어서다 말고 매그레 앞에 덜컥 멈춰 섰다.

「어머, 실례합니다. 손님이 계신 줄도 모르고…….」

「우릴 도우러 오신 매그레 반장님이셔. ……얘가 마르그리트예요.」

악수를 하느라 매그레의 솥뚜껑 같은 손에 앙증맞은 여자 손이 장갑을 낀 채로 사뿐 얹혔다. 동시에 입가를 스치는 수줍은 미소 한 줄기.

「수락해 주셨다는 얘기 안나한테서 들었습니다…….」

무척 섬세한 용모였다. 예쁘다기보다는 섬세했다. 가늘게 웨이브 진 금발이 얼굴을 감싸고 있었다.

「피아노를 치실 것 같은데…….」

「네, 좋아하는 건 음악뿐이죠. 특히 슬플 때는요…….」

그녀의 미소는 광고용 달력에 나오는 예쁜 아가씨들의

웃는 얼굴을 생각나게 했다. 약간 입술을 너부죽이 내밀고, 몽롱한 눈빛에 고개를 살짝 옆으로 기울인 포즈…….

「마리아는 안 왔어요?」

「응! 기차가 또 늦나 보네.」

의자가 너무 약한지 매그레가 다리를 꼬려고 움직이자 삐걱거렸다.

「3일, 당신은 몇 시에 왔습니까?」

「저녁 8시 반에요……. 아니, 조금 더 일찍이었던 것 같네요……. 저녁 식사를 빨리 끝냈거든요. 아버지께서 브리지를 할 친구들을 초대하셔서요…….」

「날씨가 오늘 같았나요?」

「비가 왔었죠……. 그 주 내내 비가 왔어요.」

「그럼 뫼즈 강은 이미 범람했겠군요?」

「범람을 시작하고 있었죠……. 그래도 댐을 넘은 건 5~6일이 되고 나서였습니다. 그때까지만 해도 아직 배가 줄줄이 돌아다니고 있었으니까요.」

「파이 한 조각 더 드시겠어요, 반장님? ……싫으세요? 그럼 시가라도……?」

안나는 벨기에산 시가 상자를 내밀면서 변명처럼 중얼거렸다.

「이건 밀거래라고 할 수 없어요……. 워낙에 이 집이 일부는 벨기에 쪽에 있고 일부는 프랑스 쪽에 있으니까요…….」

「결국 당신 남동생은 전적으로 혐의가 없는 셈이로군
요, 그 당시 낭시에 있었으니까…….」

안나는 자세를 꼿꼿이 하며 대꾸했다.

「그렇고말고요! 웬 주정뱅이가 그 애 오토바이를 둑길
에서 봤다고 한 것 때문에 괜히……. 그 얘기를 한 게 보름
이 지난 뒤였죠……. 마치 똑똑하게 기억이라도 하는 것
처럼 말이에요! 그게 바로 제라르가 꾸민 짓이랍니다. 제
르멘 피에드뵈프의 오빠요……. 딱히 하는 일 없이 지내
는 작자죠. 그러니 증인 찾는답시고 시간이나 때우고 앉
았죠. 생각해 보세요, 그 사람들이 원하는 건 손해 배상을
함께 청구해서 30만 프랑을 챙기겠다는 거랍니다…….」

「아이는 어디 있습니까?」

순간, 종소리와 더불어 가게 쪽으로 내달리는 페이터
르스 부인의 다급한 발소리가 들렸다. 안나는 파이를 찬
장에 넣고 커피포트를 난로 위에 얹으며 밀했다.

「그 사람들이 데리고 있어요!」

벽 너머로 벨기에 진을 주문하는 뱃사람의 목소리가
들렸다.

2

에투알 폴레르호

마르그리트 판 데 베이르트는 무언가 급히 보여 줄 것
이 있는지 핸드백을 뒤졌다.

「언니 아직 〈에코 드 지베〉 못 봤지?」

그러고는 신문에서 오려 낸 종이 한 쪽을 안나에게 내
밀었다. 입가에 소박한 미소가 감돌고 있었다. 안나가 그
걸 다시 매그레에게 건네며 말했다.

「이건 누구 생각이었니?」

「어제 내가 우연히 생각한 거야.」

그냥 광고였다.

지난 1월 3일 저녁 뫼즈 강변에서 오토바이를 탄 사람을
찾습니다. 사례는 두둑이 할 것임. 페이터르스 잡화점으로 연
락 바람.

「차마 우리 집 주소를 올리기는 무엇해서……」

매그레가 보기에, 안나의 눈빛에 약간의 짜증이 섞인 것 같았다. 그녀는 이렇게 중얼거렸다.

「그럴듯한 생각이긴 한데…… 이런다고 누가 찾아오겠나……」

내심 잘했다는 칭찬을 기대하고 있던 마르그리트.

「왜 안 온다는 거지? 어차피 조제프도 아닐 텐데, 만약 오토바이가 지나갔다면 못 올 이유도 없잖아!」

문들이 열려 있었다. 주방의 주전자에선 물 끓는 소리가 요란해지고 있었다. 페이터르스 부인은 저녁 식탁을 차리고 있었다. 가게 문 쪽에서 사람들 목소리가 들리는가 싶더니, 두 젊은 여자가 별안간 귀를 쫑긋 세웠다.

「일단 들어오시죠. 딱히 해드릴 얘기는 없습니다만……」

순간 마르그리트가 벌떡 일어서며 더듬거렸다.

「조, 조제프야!」

말투에서 느껴지는 건 사랑의 감정 이상의 열정이었다. 갑작스레 사람이 달라지는 것 같았다. 다시 앉을 생각조차 못 하는 듯 보였다. 그녀는 숨죽인 채 기다리고 서 있었다. 이제 등장할 사람이 초인이라 해도 믿을 것 같은 분위기였다.

드디어 주방 안에서 목소리가 울렸다.

「안녕하셨어요, 어머니……」

그에 뒤이어 매그레의 귀에 익지 않은 또 다른 목소리도 들렸다.

「실례합니다, 부인. 몇 가지 확인할 문제가 있어서요. 마침 아드님이 들른다기에 겸사겸사 찾아왔습니다……」

두 남자 모두 식당 쪽을 바라보고 서 있었다. 조제프 페이터르스의 눈썹이 미세하게 찌푸려지면서, 부드럽지만 힘겨운 목소리가 중얼거렸다.

「잘 있었어, 마르그리트……」

여자가 남자의 손을 두 손으로 모아 쥐었다.

「많이 피곤하죠, 조제프? ……기분은 괜찮아요?」

반면, 보다 차분한 기색의 안나는 매그레를 가리키며 또 다른 사람에게 이렇게 말했다.

「아시죠, 매그레 반장님……」

그러자 상대는 얼른 악수를 청하며 응답했다.

「마셰르 형사입니다. 정말 오셨군요……」

한창 준비 중인 식탁과 문 사이에 다들 어중간히 선 채 계속 얘기만 나눌 순 없는 노릇이었다.

「나는 순전히 비공식적인 자격으로 온 몸이올시다. 내가 없다고 생각하고 말씀하시구려.」

매그레가 무뚝뚝하게 말을 받는데, 누군가 팔을 건드리며 속삭였다.

「남동생 조제프예요. ……여긴 매그레 반장님.」

악수를 청하느라 내민 조제프의 길고 차가운 손은 뼈마디가 앙상했다. 그는 180센티미터인 매그레보다도 머리통 반만큼이 더 컸다. 그럼에도 어쩌나 말랐는지, 나이가 스물다섯인 지금도 성장이 멈춘 것 같지 않았다.

조붓한 콧날에 눈자위가 그늘져 지친 듯한 눈빛, 짧게 깎은 금발 머리. 불빛을 피하려는 듯 자꾸 눈꺼풀을 깜박이는 걸로 미루어, 시력이 좋지 못한 게 분명했다.

「반갑습니다, 반장님. 무어라 감사 말씀을 드려야 할지…….」

근사한 품새라곤 할 수 없었다. 기름때 반들반들한 레인코트를 벗자 어중간한 싸구려 회색 정장 차림이었다.

마셰르 형사가 말했다.

「다리 근처에서 만났지요! 오토바이 뒤에 좀 태워 달라고 해서 여기까지 온 겁니다.」

그러고는 곧장 안나 쪽으로 돌아서는 것이었다. 마치 그녀가 진정한 이 집 안주인이라도 되는 것처럼 그는 이제 안나를 상대로만 이야기했다. 페이터르스 부인이나 주방 버들가지 안락의자에 파묻혀 있는 그녀의 남편에게는 눈길조차 주지 않았다.

「이 집 지붕으로는 쉽게 올라갈 수 있지요?」

순간 침묵이 흘렀다. 모두들 멀뚱멀뚱 서로의 눈치만 살피는 가운데, 안나가 대답했다.

「다락방 지붕창을 통해 가능합니다! 가보시겠어요?」

「네! 저 위 한번 좀 둘러보고 싶군요.」

매그레로서는 전체적으로 집을 살펴볼 기회였다. 계단에는 정성껏 광을 낸 리놀륨이 깔린 데다 왁스 칠까지 되어 있어, 미끄러지지 않으려면 조심해야 했다.

2층으로 올라가자 세 개의 방으로 통하는 문들이 나 있었다. 조제프와 마르그리트는 아래층에 남아 있었다. 안나가 앞장섰는데, 걸을 때마다 가볍게 씰룩거리는 엉덩이가 반장의 눈에 잡혔다.

「따로 드릴 말씀이 있는데요……」

형사가 속삭이자 매그레는 급히 말을 잘랐다.

「나중에 합시다!」

이윽고 3층에 도달했다. 널찍한 다락의 한쪽 구석은 일종의 지붕 밑 방으로 개조됐으나 아무도 쓰지 않고 있었다. 들보가 겉으로 노출되어 있었고, 물건 궤짝과 자루들이 잔뜩 쌓여 있었다. 지붕창에 손을 대기 위해 형사가 궤짝 두 개를 놓고 올라가야만 했다.

「불은 가지고 있소?」

「손전등 있습니다……」

형사는 지극히 활동적이고 쾌활한 타입의 동그란 얼굴을 한 젊은이였다. 매그레는 지붕에 오르는 대신, 그냥 지붕창으로 바깥을 내다보았다. 바람이 휘몰아치고 있었다. 포효하는 듯한 강물 소리가 들리는 가운데, 캄캄한 어둠 속 굽이치는 수면 위로 가스등 불꽃 몇 개가 점점이 반짝거렸다.

좌측 코니스 위로 최소 2제곱미터 크기의 함석 물탱크가 보였는데, 형사는 주저 없이 그쪽으로 다가갔다. 빗물을 담아 두기 위한 시설인 듯했다.

마셰르는 그 안을 들여다보았고, 이내 실망한 듯 지붕 위를 조금 더 돌아다니다가, 문득 허리를 숙여 무언가를 집어 들었다.

안나는 매그레 등 뒤 어둠 속에서 말없이 기다리고 있었다. 잠시 후 형사의 다리가 보였고, 이어서 몸통이, 얼굴이 보였다.

「실은 오늘 오후, 제가 묵고 있는 호텔에서 마시는 물이 빗물임을 확인한 뒤에야 은닉처가 생각났거든요. 한데 시신은 없군요…….」

「주운 건 무엇입니까?」

「손수건이에요……. 여자 손수건…….」

그걸 펼친 뒤 손전등을 비추면서 이름 머리글자를 찾았지만, 허사였다. 심하게 때가 탄 상태로 미루어, 악천후 속에 장기간 방치된 것 같았다.

「이건 나중에 천천히 살펴보도록 하죠!」

형사는 문 쪽으로 걸어가며 내뱉듯 말했다.

다시 식당의 훈훈한 공기 속으로 들어서자 조제프 페이터르스는 등받이 없는 피아노 의자에 앉아 방금 마르그리트가 건네준 신문 광고를 들여다보고 있었다. 여자는 앞에 우두커니 서 있었는데, 챙 넓은 모자와 앙증맞은 장식 단이 가미된 망토는 그녀 내부의 산만하고 가벼운 성향을 은연중에 드러내 주었다.

「오늘 밤 내가 묵는 호텔에서 좀 볼 수 있겠소?」

매그레가 젊은이에게 말했다.

「어느 호텔이죠?」

그때 안나가 불쑥 껴들었다.

「뫼즈 호텔이야! ……근데 벌써 가시게요, 반장님? 저녁 식사 하시라고 붙잡고는 싶은데…….」

매그레는 주방을 가로질러 뚜벅뚜벅 걸어갔다. 그 모습을 어리둥절한 표정으로 바라보던 페이터르스 부인이 더듬거렸다.

「가십니까?」

노인으로 말하자면, 눈빛부터가 텅 비어 있었다. 그저 해포석 파이프만 줄기차게 빨아 댈 뿐, 아무런 생각도 없는 얼굴이었다. 손님이라고 아는 척 한 번 하지 않았다.

바깥은 거센 바람과 불어난 뫼즈 강의 물소리, 그리고 나란히 묶인 배들이 서로 부딪는 소리로 어지러웠다. 어쩌다 매그레의 오른쪽에서 걷고 있던 마셰르 형사는 서

둘러 위치를 옮겼다.

「저들이 결백하다고 생각하십니까?」

「모르겠소. 담배 있습니까?」

「잎담배밖에 없는데요……. 아시다시피, 낭시에서 반장님 명성이 자자합니다. 실은 그 때문에 제가 더 걱정하는 거고요……. 왜냐면 저 페이터르스네 가족은…….」

매그레는 배들 앞에서 걸음을 멈추고 그 위를 두리번거렸다. 물이 불어 선박 운항이 중단된 덕분에, 지베는 큰 항만과도 같은 분위기였다. 라인 강을 오가는 1천 톤 급 시커먼 강철 바지선이 몇 척 보이는데, 그 옆에 떠 있는 나무로 만든 북유럽의 거룻배들은 무슨 장난감 같았다.

중산모가 날아가지 않게 손으로 붙들고 있어야 하는 반장의 입에서 푸념이 새어 나왔다.

「이거야 원, 뱃사람들 쓰는 챙 모자라도 사야 할 판이로군!」

「정확하게 저들이 뭐라고 했습니까? 물론 결백하다고 했겠죠?」

바람이 어찌나 요란하게 불어 대는지, 아주 큰 소리로 말해야 했다. 5백여 미터 떨어진 곳에서 보면 한 무리의 불빛에 지나지 않는 지베. 플랑드르인 가족이 거주하는 가옥은 잔뜩 일그러진 하늘을 배경으로 그 윤곽이 선명했고, 은은하게 불 밝힌 창문들이 노랗게 물들어 있었다.

「그 사람들 어디 출신이죠?」

「벨기에 북부 출신이라고 하더군요. 페이터르스 영감은 네덜란드 국경 지역 랭부르 바로 위에서 태어났고요……. 나이는 부인보다 20년이나 연상이라죠. 그러면 결국 현재 나이 여든 살가량 됐을 테고……. 원래 광주리를 만드는 일에 종사했답니다. 불과 몇 년 전까지만 해도 집 뒤에 있는 공방에서 직원 네 명과 함께 일을 했고요. 지금은 완전히 노망난 상태지만 말입니다.」

「부자입니까?」

「그렇다더군요! 우선 지금 사는 집이 자기들 소유이고요……. 배를 사려고 하는데 돈은 없는 뱃사람들에게 돈놀이까지 할 정도라고 합니다. 정말이지, 우리 같은 사람들하고는 정신세계가 달라요……. 페이터르스 부인은 가진 돈만 수십만 프랑인데도, 자기들 말마따나 손님들한테 한잔 따라 주는 일조차 마다하지 않죠……. 아들만 해도 머잖아 변호사가 될 거고, 큰딸은 피아노 공부를 했죠. 작은딸은 나뮈르의 대형 수녀원 기숙 학교에서 사감 직책을 맡고 있습니다. 그냥 학교 선생님보다는 사감이 훨씬 낫지요…….」

마셰르는 거룻배들을 가리키며 말을 이었다.

「저 안에 반은 플랑드르인이 살고 있다 보면 됩니다. 자기들 습관을 좀처럼 바꾸려 하지 않는 이들이죠. 다른 사람들 같으면 다리 근처에 즐비한 프랑스 선술집에서 포도주나 아페리티프를 마시고 있을 텐데……. 플랑드르인들은 그저 자기네 방식대로 만든 진과 자기들과 언어가 통하는 사람을 필요로 할 뿐입니다, 그러면 끝이죠. 배가 떠날 때는 일주일 치 이상의 식량을 미리 사둔답니다. 아, 그렇다고 밀거래를 하는 건 아니고요! 저 사람들 그 점에서는 늘 반듯한 편이죠…….」

외투 자락이 몸을 잔뜩 휘감고 있었다. 짐을 가득 실은 뱃전까지 드센 물보라가 튀어 올랐다.

「아무튼 우리랑 다른 생각들을 가지고 사는 사람들입니다……. 그들한테는 거기가 선술집이 아니에요. 카운터에서 술을 따라 줘도, 어디까지나 잡화점인 겁니다. 여자들은 장을 보면서 한 잔씩 마시기도 하죠. 그게 남는 장사라는 얘기겠죠…….」

「피에드뵈프네 사정은 어떤가요?」

「거긴 별 볼 일 없습니다. 공장 경비원에다…… 딸은 같은 회사에서 타자수로 일하고, 아들 역시 그곳 직원이죠.」

「성실한 친구인가요?」

「그렇다고는 말할 수 없죠……. 일을 많이 안 하거든요. 툭하면 〈카페 드 라 메리〉에 죽치면서 그저 당구나 치기 일쑤죠. 생긴 것 하나는 괜찮은 편인데, 자기도 그걸 알고 있죠.」

「딸은 어때요?」

「제르멘요? 남자 친구가 한둘이 아닙니다······. 왜 있잖습니까, 저녁에 어둠침침한 구석에 가면 꼭 남자랑 같이 시간 때우고 있는 아가씨들······. 그렇긴 해도 문제의 아이가 조제프 페이터르스의 핏줄인 건 사실입니다! 아이를 직접 봤는데요······ 닮긴 닮았어요······. 아무튼 부정할 수 없는 것은, 1월 3일 저녁 8시 조금 지나 여자가 저 가게에 들어간 이후론 아무도 그녀 본 사람이 없다는 사실이에요.」

마셰르 형사의 말투는 단호했다.

「안 뒤져 본 데가 없습니다. 심지어 건축가의 도움을 얻어 모든 장소를 표시한 세부 도면까지 만들어 보았다니까요! 근데 깜빡한 곳이 딱 한 군데 있지 않았겠습니까, 바로 지붕 말입니다. 보통 사람 시체를 지붕에 감출 수 있다는 생각을 하긴 힘들잖아요······. 아무튼 방금 보셨다시피 거길 가봤지만, 정작 발견한 건 손수건 한 장이 전부였습니다.」

「뫼즈 강은요?」

「그러지 않아도 이제 곧 그 얘기를 하려던 참이었습니다! 아시다시피, 댐 근처에서 익사체가 발견되는 일은 허다하잖아요······. 이곳에서 나뮈르까지만 해도 모두 여섯 군데 댐이 있습니다. 근데 범행이 일어나고 이틀이 지나

강물이 불어나는 바람에 댐들이 모두 범람하지 않았겠습니까! 겨울마다 반복되는 일이지만요······. 그러니 제르멘 피에드뵈프의 시신이 바다까지는 아니더라도 네덜란드에 가 닿았을 가능성은 충분한 셈이죠······.」

「그런데 얘기 듣기로는, 그날 저녁 조제프 페이터르스는 이곳에 없었다고 하던데······.」

「압니다! 본인이 그렇게 주장하고 있지요. 증인 한 명이 그의 것처럼 생긴 오토바이 한 대를 보았다고 했지만, 그는 자신이 아니라며 극구 부인하고 있고요······.」

「알리바이가 없습니까?」

「있다고도 할 수 있고 없다고도 할 수 있는 상황입니다. 안 그래도 제가 급하게 낭시로 돌아가 봤거든요······. 그 친구가 사는 하숙집 방에 가봤더니, 주인아주머니의 눈에 띄지 않고 드나들 수 있는 구조였습니다. 게다가 밤마다 학생들이 모여드는 술집과 카페를 제집 드나들듯 하고 있었고요. 그런데 그중 어느 곳에서든 그가 밤을 샌 날이 1월 3일인지 4일인지, 아니면 5일인지를 똑똑히 기억하고 있는 사람이 아무도 없는 거예요!」

「혹시 제르멘 피에드뵈프가 자살했을 가능성은 없습니까?」

「그런 짓을 감행할 여자가 아니더군요······. 건강도 별로 좋지 못하고 행실도 좋은 편은 못 되지만, 제 자식에 대한 사랑은 끔찍한 여자였습니다.」

「또 다른 범행에 희생됐을 수는 있겠죠…….」

이번에는 마셰르가 잠시 입을 다문 채, 제방에서 몇 미터 떨어진 곳에 작은 섬처럼 몰려 있는 배들을 바라보았다.

「그 생각도 해보았습니다. 뱃사람들을 대상으로 한 명한 명 조사도 해보았고요. 그들 대부분은 배를 타면서 가족의 생계를 꾸려 나가는 성실한 사람들입니다……. 딱하나, 제 눈살을 찌푸리게 한 건 에투알 폴레르호뿐이었죠. 상류 쪽에 정박해 있는 마지막 배인데, 여기 배들 중제일 지저분하고 금방이라도 가라앉아 버릴 것 같은 몰골이지요…….」

「눈살을 찌푸리다니, 어땠는데요?」

「리에주 근방 틸뢰르라는 곳에서 온 벨기에인이 배 주인인데, 이미 두 차례나 강간죄로 수감 생활을 한 늙은 개망나니랍니다. 배도 전혀 관리가 안 되어 있고……. 아무도 편들어 주거나 오란 데가 없는 작자죠. 나이 가리지 않고 그저 여자라면 무턱대고 건드리고 보는 짐승이고요……. 그나저나 반장님은 왜……?」

두 사람은 다시 교량 방향으로 걸음을 떼었다. 점점 다가갈수록 도시의 불빛이 그들을 감싸 안았다. 오른쪽으로 술집들이 즐비하게 보였는데, 자동 피아노 소리가 귀를 찌르는 프랑스 선술집들이었다.

「아무튼 그자한테도 따로 감시를 붙여 놓은 상태입니다. 그렇더라도 오토바이에 관한 증언은……」

「지금 어디에 묵고 있소?」

「가르 호텔입니다.」

매그레는 악수를 청하며 말했다.

「그럼 나중에 또 봅시다. 물론 조사도 계속해 주시고요. 나는 이곳에 일개 아마추어로 와 있는 거니까……」

「제가 어떻게 하면 좋겠습니까? 지금으로선 시신을 발견하지 못하면 아무것도 증명할 수 없는 상황인데……. 만약 물에 던져진 거라면 영원히 발견되지 못할 공산이 크고……」

매그레는 건성으로 악수를 한 뒤, 다리에 다다르자 곧장 뢰즈 호텔로 들어가 버렸다.

매그레는 저녁을 먹으면서 수첩에 다음과 같이 정리를 해두었다.

페이터르스 일가에 대한 견해

마셰르: 그들은 자기들이 술집을 한다고 여기지 않는다.

호텔 지배인: 자기들이 무슨 대단한 부르주아인 줄 아는 사람들이다. 나 같으면 아들을 변호사 시키려고

꿈이나 꾸겠는가?

　뱃사람 1: 플랑드르 지방에 가보면 사람들이 원래
다 그렇다!

　뱃사람 2: 그들은 꼭 프리메이슨처럼 서로 뭉친다!

　도심, 그러니까 지베의 중심에 해당하는 교각에서 플
랑드르인이 사는 쪽으로 하나하나 더듬어 보는 일이 생
각보다 재미났다. 지금 있는 이곳은 분명 프랑스의 작은
도시. 얽히고설킨 작은 길들. 당구나 도미노 게임을 즐기
는 사람들로 북적거리는 카페들. 아니스주 향이 감도는
두루두루 편안한 분위기. 그걸 벗어나 눈길을 돌리면 나
타나는 저 강물. 세관 사무소 건물. 그 너머, 들판이 끝나
는 지점에 자리 잡은 플랑드르인의 거처. 온갖 잡동사니
가득 들어찬 잡화점. 진으로 목 축이고 싶은 사람들을 위
해 마련된 조촐한 함석 카운터. 주방으로 들어서면 난롯
가 버들가지 안락의자에 죽치고 앉은 노망난 늙은이가
보이고, 식당 안에는 피아노와 바이올린, 편안한 의자들
과 집에서 만든 파이. 안나와 마르그리트의 얼굴이 보이
고, 체크무늬 식탁보도 보이고, 모두들 반색하는 분위기
속에, 키 크고 깡마르고 병색 완연한 조제프가 오토바이
를 타고 등장하신다!

　뫼즈 호텔은 사업상 출장 중인 여행객들을 주 고객으

로 하는 숙박업소로, 웬만한 손님들은 이미 주인과 한두 번 안면이 있다. 각자 자기 냅킨이 있을 정도.

그 한복판을 조제프 페이터르스가 이방인의 자격으로 들어섰다. 저녁 9시경, 주춤주춤 나타난 그는 반장을 보자 곧장 다가와 더듬거렸다.

「새로운 소식이 있습니다……..」

아니나 다를까, 모든 시선이 일제히 두 사람에게로 쏠렸고, 매그레는 얼른 자기 방으로 젊은이를 데려가는 게 상책이라 판단했다.

「뭡니까?」

「신문 광고에 대해서는 알고 계시죠? 드디어 오토바이 탄 자가 나타났습니다! 디낭에서 자동차 정비를 하는 사람인데, 그날 저녁 8시 반쯤에 저희 집 앞을 오토바이 타고 지나갔답니다……..」

매그레의 여행 가방은 아직 열지도 않은 상태였다. 반장은 하나 있는 안락의자를 젊은이에게 양보하고 자신은 침대 모서리에 걸터앉았다.

「당신은 마르그리트를 진정으로 사랑합니까?」

「네…… 그러니까…….」

「그러니까……?」

「결국 제 사촌이니까요! 그 애를 아내로 삼겠다는 겁니다. 오래전에 결정된 일이지요……..」

「그럼에도 불구하고 제르멘 피에드뵈프와는 애까지 만들었고?!」

침묵이 흘렀다. 잠시 후 들릴 듯 말 듯 새어 나오는 목소리.

「네……」

「그 여자를 사랑은 한 거요?」

「모르겠습니다.」

「여차하면 결혼도 불사할 생각이었소?」

「모르겠어요……」

매그레는 불빛 아래 젊은이의 마른 얼굴과 지친 눈동자, 늘어진 표정을 찬찬히 살펴보았다. 조제프 페이터르스는 감히 맞받아 쳐다볼 엄두도 내지 못하고 있었다.

「어쩌다 일이 그렇게 된 거요?」

「제르멘과 저는 자주 보는 사이였습니다……」

「마르그리트와는?」

「아니었고요! 그건 다른 문제였습니다……」

「그래서?」

「어느 날 내게 아이를 낳을 거라더군요……. 당시로선 어떻게 해야 할지……」

「그래서 당신 어머니가……」

「어머니와 누나들이 나섰죠. 제르멘과 그런 식으로 엮였던 남자가 내가 처음이 아니라고 하더군요……」

「그냥 해프닝이다?」

강 쪽으로 난 창문은, 교각에 물보라가 튀는 바로 그 지점을 향하고 있었다. 격렬한 물소리가 계속해서 들려왔다.

「마르그리트를 사랑은 하고 있는 거요?」

젊은이는 몹시 불편한 기색으로 벌떡 일어났다.

「도대체 무슨 말씀을 하시려는 겁니까?」

「마르그리트와 제르멘 둘 중 누구를 사랑합니까?」

「그게…… 저는…….」

이마에 땀방울이 송골송골 맺혀 있었다.

「그걸 제가 어떻게 알겠습니까? 어쨌든 어머니가 벌써 랭스에 있는 법률 사무소에 신청을 해두셨답니다…….」

「당신과 마르그리트를 혼인시키려고?」

「모르겠어요……. 사실 무도장에서 알게 된 여자입니다…….」

「누구? ……제르멘?」

「사람들이 가지 말라고 말리던 곳이었는데…… 결국 그 여자 집까지 바래다주었고…… 그 도중에…….」

「마르그리트와는 어땠소?」

「그건 전혀 다른 문제라니까요……. 저는…….」

「그러니까 당신은 3일에서 4일로 넘어가는 밤에 낭시를 뜬 적이 없단 말이죠?」

매그레는 충분히 파악했다. 그는 문 쪽으로 뚜벅뚜벅 걸어갔다. 젊은이의 됨됨이에 대한 판단이 내려진 상태. 허우대는 멀쩡하나 성격이 물러 터진 청년으로, 누나들과 사촌 여동생의 열정 어린 애정에 힘입어 자존심을 유지하는 위인이다!

「그날 이후로 무얼 하며 지냈소?」

「시험 준비를 했습니다. 최종 시험이거든요⋯⋯. 그러던 중 안나로부터, 집에 와 반장님을 만나 보라는 전보가 온 겁니다. 제가 무얼 도와 드리⋯⋯.」

「아니요! 더 이상 당신은 필요 없습니다! 그만 낭시로 돌아가도 좋아요!」

순간 젊은이의 몰골을 매그레는 잊을 수 없을 것 같았다. 휘둥그렇게 뜬 푸르스름한 눈망울을 벌겋게 잠식해 들어오는 불안감. 너무 뻣뻣한 저고리에 무릎 주머니가 달린 바지⋯⋯.

바로 그 복장 위에 비옷 하나 달랑 걸친 채 오토바이에 몸을 싣고, 조제프 페이터르스는 제한 속도를 지켜 가며 낭시로 돌아가리라⋯⋯.

그러고 나서 궁핍한 노파가 운영하는 하숙집 비좁은 방에 처박힐 것이고⋯⋯. 어떻게든 망쳐서는 안 되는 수업들⋯⋯ 정오엔 카페로, 저녁엔 당구장으로⋯⋯.

「당신이 필요하면 언제든 내 기별을 하리다!」

혼자 남은 매그레는 창가에 팔꿈치를 괴고 계곡의 바람을 맞으며, 초지로 밀어닥치는 뫼즈 강의 물살을 바라보았다. 저 멀리 부옇게 보이는 작은 불빛⋯⋯. 플랑드르인이 사는 집이었다.

어둠 속, 각종 배들이 두루뭉술 모여 있는 가운데 굴뚝들, 돛대들이 비죽이 솟아 있고 거룻배의 둥그스름한 뱃머리도 어렴풋이 보이고⋯⋯ 그 맨 앞에는 에투알 폴레르 호가⋯⋯.

매그레는 파이프를 가득 채운 뒤 벨벳 외투 깃을 바짝 세우고는 밖으로 뛰쳐나갔다. 바람이 어찌나 거센지, 육중한 덩치에도 불구하고 그는 버텨 내기 위해 몸에 잔뜩 힘을 주어야만 했다.

3
조산사

평소처럼 매그레는 아침 8시부터 일어나 있었다. 외투 주머니에 두 손 찔러 넣고 파이프를 앙다문 그는, 미친 듯이 굽이치는 강물과 지나는 행인들을 번갈아 바라보면서 다리를 향해 한동안 꼼짝 않고 서 있었다.

바람은 전날 못지않게 사나웠다. 파리보다 훨씬 추웠다.

이곳이 국경 지대임을 정확히 무엇으로 감지할 수 있을까? 가령 문 앞에 깐 건축용 석재라든가 구리 화병들을 늘어놓은 창문들, 보기 흉한 갈색 벽돌로 지어 올린 벨기에식 건물들이 벌써 눈에 들어온다는 사실? 풍파에 시달린 듯한 왈롱 지방 사람들의 거친 생김새? 벨기에 세관원의 카키색 제복? 아니면 상점에서 두 나라 화폐가 다 같이 통용된다는 사실?

어쨌든 아주 독특한 지역임엔 틀림없었다. 이른바 국경 지대에 와 있는 것이었다. 두 종족이 서로 부닥치며 이

웃하고 있는 곳.

매그레의 경우는 그로그를 마시러 강변에 자리한 어느 선술집에 들어서는 순간, 이곳이 국경 지대임을 그 어느 때보다 뚜렷이 실감했다. 바로 프랑스식 선술집이었던 것이다. 다채로운 빛깔을 자랑하는 온갖 종류의 아페리티프들, 거울 달린 밝은 색조의 벽면들, 선 채로 아침 맞이 백포도주를 한 잔씩 훌쩍 마셔 버리는 사람들…….

10여 명의 뱃사람들이 두 예인선의 선장 주위로 모여 있었다. 어떻게든 강을 따라 내려갈 가능성에 대해 분분한 의견들을 나누는 중이었다.

「디낭 다리 아래로 지나갈 수가 없다니까! 설사 그럴 수 있다 쳐도, 톤당 15 프랑스 프랑이 들어갈 텐데, 그건 너무 비싸다고……. 그 값이면 차라리 기다리는 게 낫지.」

사람들 시선이 매그레 쪽으로 쏠렸다. 저마다 팔꿈치로 옆 사람을 쿡쿡 찔렀다. 이미 반장을 알아보는 사람들이 많았다.

「내일 모터 안 쓰고 그냥 물살 타면서 가보겠다는 플랑드르 놈이 하나 있다더군…….」

카페에 플랑드르인은 없었다. 플랑드르인들은 어두운 나무 색깔 천지인 데다 커피와 치커리, 계피, 노간주나무 열매 냄새가 진동하는 페이터르스네 가게를 더 좋아했다. 몇 시간이고 그곳 카운터에 팔꿈치를 괴고 선 채 늘어진 잡담이나 주절대면서, 출입문에 붙은 광고를 그 푸르스름하고 연한 눈동자로 훑고 있을 터였다.

매그레는 주위에서 오가는 얘기들에 귀를 열어 놓고 있었다. 플랑드르 뱃사람들이 이곳에서 그리 환영받지 못하고 있다는 것도 그 와중에 안 사실이다. 이유는, 그들 특유의 성향 때문이라기보다 강력한 모터가 장착된 자기들 배로 프랑스인과 경쟁하면서 터무니없이 싼 운송료를 받아들이는 데 있었다.

「그놈들 이젠 아주 젊은 아가씨 잡아 죽이는 데까지 손을 뻗치고 있어!」

다들 곁눈질로 표정을 살피면서 매그레를 의식해 내뱉어 보는 얘기들이었다.

「도대체 경찰이 페이터르스네를 검거하지 않고 미적거리는 이유를 모르겠다니까! 그게 다 놈들한테 돈이 많아서가 아니겠냐고.」

매그레는 밖으로 나가 둑길을 따라 얼마간 더 걸었다. 진흙탕 물살이 나뭇가지들을 휩쓸어 가고 있었다. 왼쪽으로 보이는 좁은 길 쪽에, 안나가 가리켰던 집이 눈에 들어왔다.

그날따라 아침 햇살이 음울했고 하늘은 온통 단조로운 회색이었다. 추위 때문인지 거리를 어슬렁대는 사람은 하나도 없었다.

반장은 문 앞으로 다가가 초인종 줄을 당겼다. 아침 8시 15분을 조금 넘긴 시각. 문을 열어 준 여자는 젖은 앞치마에 손을 문지르는 걸로 미루어 방금 전까지 대청소라도 하던 중이었음이 틀림없었다.

「누굴 찾으시나요?」

　복도 끝으로 부엌이, 중간쯤에 양동이와 빗자루가 보였다.

「피에드뵈프 씨 계신가요?」

　여자는 경계하는 눈빛으로 반장을 위아래로 훑어보았다.

「아버지요 아들요?」

「아버지 말입니다.」

「보아하니 경찰이신 것 같은데……. 그렇담 지금은 그분이 한창 주무시는 시간이라는 것쯤 아실 겁니다……. 야간 경비 일을 하셔서 아침 7시가 되어야 귀가하신다는 것도요. 지금 꼭 만나야겠다면 2층으로…….」

「그럴 필요 없습니다. 근데 아드님은요?」

「10분 전에 출근했습니다.」

　그때였다, 부엌 쪽에서 숟가락 떨어뜨리는 소리가 들린 것은. 그와 더불어 한 아이 얼굴이 언뜻 매그레의 눈에 포착됐다.

「혹시 저…….」

「네 맞아요, 가엾은 제르멘 양의 자식이랍니다! 자, 어서 들어오든지 나가든지 해주세요! 온 집 안이 다 식고 있지 않습니까…….」

반장은 얼른 안으로 들어갔다. 복도의 양쪽 벽은 가짜 대리석 무늬로 장식되어 있었다. 부엌은 엉망진창 어질러져 있었고, 여자는 알아들을 수 없는 푸념을 늘어놓으며 양동이와 빗자루를 집어 들었다.

식탁에는 지저분한 접시와 찻잔들이 놓여 있었다. 거기 두 살 반 된 사내아이가 홀로 앉아, 서툰 솜씨로 반숙 달걀을 먹으면서 얼굴에 온통 노란색 칠을 하고 있었다.

여자 나이는 40대로 보였다. 마른 체격에 금욕적인 얼굴 표정이었다.

「부인이 맡아 키우고 있습니까?」

「그래요, 아이 엄마를 그들이 죽인 뒤부터 대부분의 시간을 제가 돌보고 있죠! 애 할아버지는 반나절은 잠을 자야만 하죠, 집에 다른 사람이 있는 것도 아니죠……. 어쩌다 손님을 보러 갈 경우엔 무작정 이웃에 맡겨야 할 때도 있습니다.」

「손님이라뇨?」

「제가 정식 조산사랍니다.」

마치 체면을 구기는 무언가를 떨쳐 내려는 듯 그녀는 체크무늬 앞치마를 벗어 버렸다.

그리고 먹기를 중단한 채 손님을 멀뚱하니 바라보고
있는 아이를 달랬다.

「우리 아기 조조, 무서워하지 마요…….」

조제프 페이터르스를 닮긴 닮았나? 말하기 어려웠다.
어쨌든 허약해 보이는 아이이긴 했다. 생김새가 반듯하지
못했고, 머리통이 너무 큰 데 비해 목은 앙상했다. 무엇보
다 입매가 적어도 열 살은 된 아이의 입처럼 가늘게 찢어
져 있었다.

매그레에게서 떠나지 않고 있는 아이의 눈에는 아무런
표정도 담겨 있지 않았다. 아무래도 좀 다독여야겠다 느
꼈는지 산파가 다소 과장된 태도로 번쩍 들어 안았지만
정작 아이 얼굴엔 아무런 감정도 드러나지 않았다.

「아이고 우리 귀염둥이! 달걀 먹어야지, 우리 새끼!」

여자는 매그레에게 앉으라는 말도 하지 않았다. 물 주
전자는 바닥에, 수프 냄비는 화덕에 얹혀 있었다.

「파리에서 모셔 왔다는 분이시죠?」

아직 공격적이라고까지는 못해도, 다정함과는 거리가
먼 말투였다.

「무슨 말씀이죠?」

「이곳에선 쉬쉬해 봐야 소용없습니다. 서로 돌아가는
사정을 훤히 꿰고들 있으니까…….」

「무슨 얘기인지 들어나 봅시다.」

「나만큼 잘 아시면서! 저쪽을 위해 해주기로 한 잡일 말입니다! 원래 경찰이란 돈 있는 사람들 편 아닙니까?」

매그레는 자기도 모르게 인상을 찌푸렸다. 터무니없는 모함이 기분 나빠서가 아니라, 조산사의 말에서 은연중에 감지되는 무언가 때문이었다.

「그놈의 플랑드르 족속이 자기들 입으로 떠들고 다녔단 말입니다! 당장은 이곳 사람들이 자기들을 괴롭히겠지만 그게 그리 오래가지는 못할 거라나…… 파리에서 모모 반장이 당도하는 순간 모든 상황이 변할 거라고 합디다!」

여자는 심술궂은 미소를 지으며 얘기를 이어 갔다.

「맙소사! 그 사람들한테 거짓말을 꾸며 댈 시간만 준 꼴이란 말입니다! 아무도 제르맨 양의 시신을 찾을 수 없을 거라는 걸 저들은 잘 알고 있어요! 아이고, 우리 아기…… 걱정 말고 어서 먹어…….」

숟가락을 손에 쥔 채 매그레에게서 여전히 눈을 떼지 않는 아이를 바라보면서 그녀는 눈시울이 축축해졌다.

「뭔가 특별히 내게 해줄 이야기는 없습니까?」

「전혀요! 페이터르스네 집안사람들이 이미 당신이 바랄 만한 모든 정보는 다 제공했을 테고, 아이가 자기네 아들 조제프의 새끼는 아니라고도 분명히 말했을 텐데요!」

과연 여기서 더 붙잡고 늘어질 필요가 있을까? 매그레는 글자 그대로 적이었다. 누추한 집 안 곳곳에 증오의 분위기가 감돌고 있었다.

「정 피에드뵈프 씨를 만나 뵙고 싶다면, 정오쯤 다시 오시는 수밖에 없겠네요. 그때쯤 일어나실 거고, 제라르 씨도 집에 와 있을 테니까…….」

여자는 긴 복도를 따라 매그레를 배웅했고 밖으로 내보내자마자 문을 닫아걸었다. 2층 블라인드는 모조리 닫혀 있었다.

플랑드르인의 집 가까이에서 두 명의 뱃사람과 이야기를 나누고 있는 마셰르 형사가 매그레의 눈에 들어왔다. 그는 반장을 보자 대화를 중단하고 두 사람에게서 떨어져 나왔다.

「뭐라고 하던가요?」

「에투알 폴레르호 이야기를 해줬더니, 1월 3일 저녁 8시쯤 〈카페 데 마리니에〉를 나가는 그 배 선장을 본 것 같다고 하는군요. 저녁이면 늘 그랬듯 그날도 많이 취해 보였다고 하네요……. 그자는 지금도 자고 있을 겁니다. 방금 배에 올라가 보았는데, 완전히 곯아떨어져 아무 소리도 듣지 못하더군요.」

한편 형사들을 살피고 있는 페이터르스 부인의 백발이 잡화점 유리창 너머로 빤히 들여다보였다.

다소 산만하게 이어지는 대화였다. 두 남자는 특별히

주시하는 것 없이 사방을 둘러보고 있었다.

한쪽엔 불어난 강물이 시속 9킬로미터의 속도로 부유물들을 휘몰아 가고 있었고, 그 반대쪽엔 플랑드르인의 집이 있었다.

마셰르가 말했다.

「출입구가 둘이더군요! 하나는 우리가 보는 저것이고, 다른 하나는 건물 뒤쪽으로 있어요. 안마당에 우물이 하나 있는데……」

그러면서 서둘러 이렇게 덧붙였다.

「거기도 조사해 봤지요……. 아무튼 구석구석 파헤쳐 보긴 한 것 같습니다……. 한데, 왠지는 모르지만 시신이 뫼즈 강에 던져지진 않았을 거라는 느낌이 드는 거예요. 그 여자 손수건은 지붕에 왜 떨어져 있었던 걸까요?」

「오토바이 탄 사람을 찾아냈다는 건 알고 있소?」

「소식은 전해 들었습니다. 하지만 그렇다고 조제프 페이터르스가 그날 저녁 이곳에 있지 않았다는 게 증명되는 건 아니죠……」

물론 그랬다! 어느 쪽에 유리한 증거도 아직은 없는 셈이었다. 진지하게 고려해 볼 만한 증언조차도 없었다!

제르멘 피에드뵈프는 저녁 8시쯤 가게에 들어섰다. 플랑드르인 가족은 몇 분 만에 그녀가 다시 나갔다고 주장했지만, 다른 누구도 그런 그녀를 보지 못했다.

그게 전부였다!

피에드뵈프네는 정식으로 고소했고 30만 프랑의 피해 보상액을 요구하고 있었다.

뱃사람의 아낙네 두 명이 잡화점으로 들어가면서 출입문 종이 울렸다.

「반장님은 아직도 믿으시죠……?」

「나는 아무것도 믿지 않고 있소, 젊은 친구! 그럼, 또 봅시다.」

매그레는 곧장 가게 안으로 파고들었다. 먼저 들어간 여자 손님 두 명이 주춤주춤 한쪽으로 물러나 그에게 길을 터주었다. 페이터르스 부인이 소리쳤다.

「안나!」

그러고는 갑자기 부산을 떨며 주방 쪽 유리문을 열어주었다.

「들어가 보세요, 반장님……. 안나가 곧 나올 겁니다. 지금 방 청소를 하고 있거든요.」

부인은 다시 두 여자 손님에게로 갔고 반장은 주방을 건너 복도로 들어선 다음, 계단을 천천히 올라갔다.

안나는 아무 소리도 듣지 못한 모양이었다. 손수건으로 머리를 질끈 묶은 채 남자 바지를 열심히 솔질하고 있는 여자의 뒷모습이 열린 방문 틈으로 들여다보였다.

그녀 역시 맞은편 거울에 비친 반장 모습을 보았고, 깜짝 놀라 돌아서면서 쥐고 있던 옷솔을 떨어뜨렸다.

「거기 계셨어요?」

별 신경 안 쓴 차림새는 아침과 똑같았다. 조신하게 자란, 약간은 쌀쌀맞은 아가씨 특유의 분위기였다.

「실례했습니다……. 위층에 있다고 해서……. 남동생 방인 모양이죠?」

「네……. 오늘 아침 동이 트자마자 다시 떠났답니다. 시험이 무척 어렵대요……. 이전 시험들처럼, 최고 성적으로 통과하고 싶다는군요.」

문갑 위에는 화사한 드레스 차림에 이탈리아풍 밀짚모자를 쓴 마르그리트 판 데 베이르트의 커다란 사진이 놓여 있었다.

그 한 귀퉁이에는 「솔베이지의 노래」 도입부가 그녀의 길고 가느다란 필체로 적혀 있었다.

    겨울이 지나가도
    사랑스러운 봄날이
    흘러가 버려도……

어느새 매그레의 손에 사진이 들려 있었다. 마치 옷을 까 봐 걱정이라도 되는 것처럼, 안나는 경계의 눈초리로 반장을 바라보았다.

「입센의 시죠.」

「압니다…….」

매그레는 시의 마지막 구절을 음송했다.

> 오, 나의 멋진 연인이여,
>
> 이곳에서 당신을 기다립니다,
>
> 내 생애 마지막 날까지…….

아닌 게 아니라 하마터면 웃음이 나올 뻔도 했지만, 그건 여전히 안나가 손에서 놓지 않고 있는 바지에 눈길이 가닿았기 때문이다.

어둠침침한 대학생 방의 분위기와 고결한 내용의 시구가 만들어 내는, 다소 기괴하다고 할까, 애처롭다고 할까, 아무튼 아주 뜻밖의 느낌이 실소를 유발할 만했다.

조제프 페이터르스만 해도 그렇다. 그 깡마르고 길쭉한 체격에 어수룩한 옷차림, 포마드를 아무리 처발라도 좀처럼 가라앉질 않는 금발 머리, 전체적인 균형을 깰 만큼 커다란 코와 근시의 눈……. 그럼에도 시구에선…….

> 오, 나의 멋진 연인이여……

경망스러운 예쁘장함을 갖춘 사진 속 시골 처녀는 또

어떤가!

입센의 작품에 나오는 근사한 그림이 떠오르지 않는 건 사실이었다. 별들을 향해 자신의 믿음을 부르짖는 것이 아니라 지극히 소시민답게, 사진 한 귀퉁이에 몇 줄의 시구를 베껴 쓰지 않았던가!

이곳에서 당신을 기다립니다…….

하긴 정말 기다리긴 했다! 제르멘 피에드뵈프가 마음에 걸려도, 아이가 생겨도, 그 오랜 세월을 말이다!

문득 언짢은 기분이 매그레의 가슴을 어렴풋이 파고들었다. 초록색 밑받침이 깔린 책상 위에 놓인 갈랄리트 표 펜대들과 구리 잉크병……. 선물로 받은 것이 분명했다.

무심코 문갑 서랍들을 열어 보았다. 뚜껑 없는 판지 상자 속에 아마추어 수준으로 찍은 사진들이 눈에 띄었다.

「동생이 사진기를 가지고 있거든요.」

학생모를 쓴 젊은이들…… 오토바이를 타고 당장이라도 요란하게 출발할 것처럼 핸들에 손을 얹고 있는 조제프…… 피아노를 연주 중인 안나…… 그보다 더 마르고, 더 우울해 보이는 또 다른 아가씨…….

「마리아 언니예요.」

문득 신분증용 작은 사진 한 장이 눈길을 끌었다. 흑백의 강렬한 대조 때문인지, 이런 종류의 인물 사진에서 흔히 느껴지는 침울한 분위기가 배어났다.

어떤 젊은 여자인데, 어찌나 가냘프고 왜소한지 어린 소녀처럼 보였다. 큼직한 눈망울이 얼굴을 거의 다 잡아먹고 있었다. 우스꽝스러운 모자를 쓰고서 기겁을 한 채 사진기를 응시하는 포즈였다.

「제르멘 아닌가요?」

그러고 보니 아들과 닮긴 했다.

「아팠던가요?」

「결핵을 앓았죠. 건강이 그리 좋지 못했어요.」

반면 안나는 건강했다! 큰 키에 튼튼한 골격, 무엇보다 놀랄 만한 육체적, 정신적 균형을 갖춘 여자가 아닌가! 드디어 그녀는 침대보로 덮인 침대에 바지를 내려놓았다.

「방금 이 여자 집에서 오는 길입니다.」

「그 사람들 뭐라고 하던가요? 보나마나……」

「조산사만 보고 왔습니다. 아이하고……」

마치 조심하는 마음에서 그러는 것처럼 그녀는 더 이상 아무것도 묻지 않았다. 그녀의 태도 속엔 그렇게 어딘지 신중한 구석이 있었다.

「당신 방은 이 옆인가요?」

「네, 언니도 같이 쓰는 방이죠.」

직접 통하는 문이 있었다. 반장이 그 문을 열자 강 쪽으로 창문이 트여 훨씬 화사하고 밝은 방이 나타났다. 침대가 말끔히 정돈되어 있었다. 가구에 옷을 걸쳐 놓는 것 같은, 극히 사소한 흐트러짐의 흔적도 찾아볼 수 없었다.

두 개의 베개 위에 가지런히 개어 놓은 잠옷이 겉에 드러나 보이는 옷가지 전부였다.

「나이가 스물다섯이라고 했지요?」

「스물여섯입니다.」

매그레는 한 가지 질문을 하고 싶었지만, 어떻게 말을 꺼내야 할지 난감하기만 했다.

「약혼 같은 건 한 적이 없습니까?」

「전혀요.」

하지만 정확히 그걸 묻고 싶었던 건 아니었다. 그녀의 방을 살펴본 지금, 매그레는 깊은 인상을 받은 상태였다. 하나의 신비스러운 조각상을 대하듯, 그는 여자가 주는 묘한 느낌에 사로잡혀 있었다. 매력이라곤 없는 그 육체가 언제 살아 꿈틀대 본 적이 있는지, 헌신적인 누나, 믿음직한 딸, 집안의 여주인, 페이테르스 성을 가진 아가씨 말고 다른 모습, 다른 정체가 있는 것인지, 겉으로 확인되는 그런 것들 너머 과연 〈여성〉이 존재하는 것인지…… 매그레는 궁금했다.

그런 매그레의 시선을 그녀는 결코 피하지 않았다. 그녀는 조금도 수그러들거나 물러서는 기색이 아니었다.

자신의 생김새부터 시작해 몸매까지 샅샅이 살피는 눈빛을 느끼면서도, 그녀는 전혀 움찔하지 않았다.

「우리는 아무도 안 만납니다. 판 데 베이르트 사촌들 외에는요…….」

매그레는 잠시 주저하다가 말을 꺼냈는데, 목소리가 왠지 편하지 않았다.

「실은 당신 도움을 빌려 한 가지 실험을 해보고 싶습니다. 지금 식당으로 내려가 내가 다시 부를 때까지 피아노 연주를 해주십시오. 가능하면 1월 3일과 똑같은 곡으로……. 그땐 누가 연주했죠?」

「마르그리트요. 개는 스스로 반주까지 하면서 노래를 부르죠. 노래 교습을 정식으로 받아서…….」

「어떤 곡이었는지 기억합니까?」

「항상 똑같은 곡인걸요. 〈솔베이지의 노래〉……. 그런데…… 저로선…… 영문을 모르겠군요…….」

「그냥 간단한 실험입니다.」

여자는 주춤주춤 뒤로 물러나면서 문을 닫으려고 했다.

「아뇨! 문은 그대로 열어 두시고요.」

잠시 후 그녀의 손이 피아노 건반 위를 되는대로 움직이면서 가까스로 화음을 들려주기 시작했다. 순간, 매그레는 조금도 지체하지 않고 옷장 문을 닥치는 대로 열어젖혔다. 셔츠와 바지, 다림질한 페티코트들이 가지런하게 쟁여져 있었다.

화음은 계속 이어졌다. 무슨 곡인지 알 만했다. 매그레의 굵직한 손가락은 흰색 내의류를 이리저리 뒤적였다.

누가 그 광경을 보았다면 사랑에 빠져 정신 못 차리는, 아니 무언가 은밀한 욕정을 해소 중인 남자로 생각했을 터였다.

멋 부림 전혀 없는 질기고 튼튼하고 투박한 종류의 옷도 눈에 띄었다. 두 자매의 옷이 섞여 있는 게 분명했다.

이번에는 서랍을 열어 보았다. 스타킹, 가터벨트, 머리핀 상자……. 분첩은 없었다. 향수도 없었다. 특별한 경우에 주로 사용하는 러시아제 화장수 병 하나가 전부였다.

아래층 피아노 소리가 점점 커지고 있었다. 집 전체에 음악이 차오르고 있었다……. 차츰차츰 한 목소리가 피아노 소리와 조화를 이루는 가운데 전면에 부각됐다.

오, 나의 멋진 연인이여,
이곳에서 당신을 기다립니다…….

노래 부르는 사람은 마르그리트가 아니었다! 안나 페이터르스의 목소리였다! 그녀는 모든 음절을 또박또박 나눠서 발음했다. 일부 구절들에는 감정을 실어 목소리에 힘을 주기도 했다.

매그레의 손가락도 여전히 바쁘게 움직였다. 이런저런 옷감을 더듬어 갔다. 리넨 더미 속에서 옷감이 아닌 종이의 질감이 만져진 건 바로 그때였다.

또 사진이었다. 역시 아마추어가 찍은 갈색 톤의 인물 사진이었다. 곱슬머리에 섬세한 생김새, 윗입술을 비죽이 내밀며 약간은 빈정대는 듯한, 자신감 넘치는 미소를 짓고 있는 젊은 남자의 사진…….

머릿속에 어른거리는 것이 얼른 붙잡히지는 않았으나…… 분명 무언가가 매그레의 기억을 건드리고 있었다.

내 생애 마지막 날까지…….

낮은 음성, 거의 남성적이라 할 목소리가 천천히 잦아들고 있었다. 그러고는 곧…….

「반장님, 계속할까요?」

매그레는 부랴부랴 서랍과 옷장 문을 닫고 사진은 저고리 주머니에 넣은 뒤, 조제프 페이터르스의 방으로 건너갔다.

「그럴 필요 없습니다.」

돌아온 안나의 얼굴이 아까보다 더 창백해져 있었다. 너무 열심히 노래를 불러서일까? 눈으로 방 안을 살피고 있었으나, 특별히 이상한 점은 찾지 못한 듯했다.

「실은 좀 궁금한 게 있는데…… 반장님께 정식으로 여쭤고 싶어요. 어제저녁 조제프를 만나 보셨지만…… 걔에 대해서 어떻게 생각하시나요? 설마 그 애가 그런 짓을……」

머리를 덮고 있던 여자용 세모꼴 숄은 아래층에서 벗어 던진 모양이었다. 아울러 손을 씻은 것 같은 느낌을 매그레는 놓치지 않았다.

「정말이지…… 정말이지 그 애가 결백하다는 것을 모두가 알아야 합니다! 그 애는 행복하게 살아야 해요!」

「마르그리트 판 데 베이르트와 함께 말이죠?」

여자는 아무 대꾸도 하지 않았다. 그저 한숨을 내쉴 뿐.

「마리아는 몇 살이죠?」

「스물여덟 살입니다……. 언니가 장차 나뮈르 기숙학교의 교장감이라는 데엔 모두가 동의하죠…….」

매그레는 주머니 속 사진을 만지작거리면서 다시 물었다.

「애인은 없나요?」

대답 대신 반문이 돌아왔다.

「마리아요?」

그건 분명 〈마리아한테 애인이라뇨? ……언니를 모르시는군요!〉라는 뜻이었다.

매그레는 층계 쪽으로 걸음을 옮기면서 말했다.

「하던 조사나 마저 해야겠군요!」

「실험 결과는 나온 건가요?」

「모르겠습니다······.」

여자는 그를 따라 계단을 내려갔다. 주방을 지날 때 여느 때처럼 안락의자에 죽치고 앉은 페이터르스 영감이 눈에 들어왔다. 영감은 이번에도 매그레에게 눈길 한 번 주지 않았다.

안나가 힘없이 내뱉었다.

「이젠 아무것도 알아차리지 못한답니다.」

가게에는 손님이 서너 명 들어와 있었다. 페이터르스 부인이 그들에게 진을 따라 주고 있었다. 그녀는 병을 쥔 채 꾸벅 인사를 하고는 다시 플라망어로 말을 이어 나갔다.

진지한 눈빛으로 매그레를 돌아보는 뱃사람들의 표정으로 미루어, 파리에서 오신 형사 반장님이라는 설명을 하고 있는 게 분명했다.

바깥에선 마셰르 형사가 다른 곳보다 다소 무르게 느껴지는 흙 한 부분을 꼼꼼히 살펴보고 있었다.

「뭐 새로운 거라도 있소?」

반장이 묻자 젊은 형사는 이렇게 대답했다.

「모르겠습니다! 계속해서 시신을 찾을 뿐이죠! 그걸 손에 넣지 못하는 한 저들을 잡아 가둘 방법이 없으니······.」

마치 시신이 그리로 빠져나가진 않았을 거란 얘기를 하듯, 그는 뫼즈 강 쪽을 바라보았다.

4

사진

　정오가 조금 지난 시각. 매그레가 둑길을 따라 걷는 건 아침부터 시작해 지금이 아마 네 번째는 되었을 터였다. 강 건너편에는 석회를 바른 거대한 공장 담벼락이 자리 했고, 작은 문을 통해 10여 명의 남녀 직공들이 일부는 걸 어서, 일부는 자전거를 탄 채 빠져나오고 있었다.

　다리에 이르기 1백여 미터 전, 매그레와 한 청년이 마 주쳤다. 매그레는 그를 정면에서부터 유심히 바라보면서 지나쳤는데, 휙 돌아보는 순간 그쪽에서도 돌아보는 것 이었다!

　안나의 옷가지 속에서 발견한 사진 속 주인공이 틀림 없었다.

　잠깐 망설인 뒤, 먼저 상대 쪽으로 다가온 건 젊은이였다.

　「혹시 파리에서 오신 형사분 아니십니까?」

　「제라르 피에드뵈프, 맞죠?」

〈파리에서 오신〉 형사라……. 아침부터 시작해 그 호칭이 매그레의 귓전을 때린 게 벌써 대여섯 번은 됐다. 그러니 대충 어떤 뉘앙스로 내뱉는 말인지 알 만했다. 같은 형사인 마셰르도 낭시에서 왔을 뿐, 그곳에서 마찬가지 사건을 조사하는 입장이었다. 한데 사람들은 그가 지나다니는 것을 지켜보다가, 무엇이든 생각만 나면 지체 없이 달려와 이야기해 주곤 했다.

반면 〈파리에서 오신〉, 그것도 플랑드르인의 부탁을 받고 모든 혐의점을 깨끗이 씻어 주기 위해 득달같이 달려온 매그레의 경우엔 아무리 거리를 왔다 갔다 해도, 누구 하나 달려와 무얼 알려주기는커녕 다들 쌀쌀맞은 눈길로 흘끔거리기 일쑤였다.

「저희 집에 다녀오시는 길입니까?」

「오늘 아침에야 이른 시간에 가봤습니다. 가서 조카 얼굴만 보고 나왔죠…….」

제라르는 사진 속의 나이가 더는 아니었다. 몸매는 아직 꽤 젊은 편이고, 머리 모양과 옷 입는 방식도 젊은 편이지만, 가까이서 자세히 본 얼굴은 스물다섯 고개를 훌쩍 지나 있었다.

「저한테 무슨 하실 말씀이라도?」

일단 소심하다는 약점 따위는 가지고 있지 않았다. 한순간도 그는 상대의 시선을 피하지 않았다. 갈색 눈동자가 무척 반짝거렸는데, 가무잡잡한 피부와 윤곽이 선명한 입술 이상으로 여심을 자극할 만한 눈빛이었다.

「이제 겨우 조사를 시작한 참인걸요……」

「페이터르스네를 위한 조사이겠죠, 압니다! 이곳 사람들은 다들 알고 있죠! 당신이 이곳에 도착하기 전부터 알고 있는 사실입니다……. 당신이 그 가족과 친분이 있고, 일종의 자부심을 갖고서 이번 사건에……」

「천만의 말씀이오! ……아, 아버지께서 일어나신 모양입니다……」

저만치 보이는 집 2층 블라인드가 올라갔고, 유리창 너머로 밖을 내다보는 잿빛 턱수염의 남자 모습이 어렴풋이 눈에 들어왔다.

제라르가 말했다.

「우릴 보았습니다! 곧 옷을 갈아입으시겠군요……」

「페이터르스네와는 개인적으로 알고 지냈습니까?」

제방을 따라 걷는 두 사람은 잡화점에서 1백여 미터 거리에 위치한 계선주에 이를 때마다 발걸음을 되돌려 오던 길을 다시 걸어갔다. 공기가 매서웠다. 제라르가 입은 외투는 너무 얇은 재질이었지만, 몸에 꼭 맞는 스타일이 그의 마음을 사로잡은 게 분명했다.

「무슨 말씀을 하시려는 거죠?」

「당신 여동생과 조제프 페이터르스가 그렇고 그런 사

이인 것이 어언 3년 전부터였습니다. 동생이 그 집에 드나들었던 겁니까?」

젊은이는 어깨를 한 번 으쓱하더니 말문을 열었다.

「정 그 이야기를 이제 와 꼬치꼬치 들춰야겠다면, 좋습니다! ……자, 우선 아이가 태어나기 조금 전에 조제프는 내 동생과 결혼하겠다고 맹세했습니다. 그러자 페이터르스네를 대신해서 판 데 베이르트 박사가 오더니, 내 동생이 이곳을 떠나 다시는 돌아오지 않는 조건으로 1만 프랑을 내놓겠다더군요……. 출산 후 처음 제르멘이 바깥외출을 한 것은 오로지 페이터르스네 가족에게 아이를 보여주기 위해서였습니다. 당장 험악한 꼴이 벌어졌죠. 집에 한 발짝도 들이지 않겠다고 하는 데다, 그 집 노파는 아예 내 동생을 매춘부 취급했으니까 말입니다. 하지만 결국엔 일이 수습되었죠……. 조제프가 여전히 결혼하겠다고 약속했으니까요. 대신 먼저 학업을 끝내고 싶어 했습니다.」

「당신은?」

「저요?」

처음에는 무슨 말인지 못 알아듣는 척했다. 하지만 곧바로 생각을 바꿨는지, 젊은이는 빈정거리듯 껄렁한 미소를 짓는 것이었다.

「어디서 얘기 들으셨나 보죠?」

매그레는 계속 걸으면서 주머니 속 사진을 꺼내 그에게 보여 주었다.

「저런! 아직도 그게 있었을 줄이야⋯⋯.」

얼른 낚아채려 했지만, 반장이 먼저 거두어 지갑 속에 넣었다.

「혹시 그 여자가⋯⋯? 아니지! 그럴 리가 없어⋯⋯. 그러기엔 너무 자존심이 강한 여자이니까. 적어도 지금은⋯⋯.」

대화 내내, 매그레는 줄기차게 상대를 관찰하고 있었다. 그 역시 여동생처럼, 그리고 당연히 조제프의 아들과 마찬가지로, 결핵을 앓고 있는 것은 아닐까? 확실하진 않아 보였다! 그럼에도 그의 모습 속에는 일부 폐병 환자들에게서 보이는 묘한 매력이 있는 게 사실이었다. 섬세한 생김새랄지, 투명한 피부, 육감적이면서도 누군가를 비웃는 듯 보이는 입매 등등⋯⋯.

그래 봤자 그가 가진 맵시는 말단 직원의 맵시였고, 베이지색 외투에 크레이프 완장이라도 차야 하는 것 아닌가 고민하는 수준이었다.

「그녀에게 수작이라도 걸었던 거요?」

「오래된 얘기입니다⋯⋯. 여동생이 아이를 아직 가지지 않았을 때 일어난 일이에요. 최소한 4년은 더 됐죠.」

「계속해 봐요⋯⋯.」

「아버지가 저기 길모퉁이까지 나와 계시네요⋯⋯.」

「그래도 계속 얘기해 보시오.」

「일요일이었습니다⋯⋯. 그날 원래는 제르멘과 조제프 페이터르스 단둘이 로슈포르 동굴로 놀러 갈 계획이었어요. 근데 가기 직전에 나더러 함께 가자고 하더군요. 자기 누나 한 명이 같이 가기로 했다면서 말이죠⋯⋯. 동굴은 여기서 25킬로미터 떨어진 곳에 있습니다. 우린 풀밭에 앉아 가지고 간 점심을 먹었죠. 난 아주 기분이 좋았습니다. 식사를 마친 뒤 두 커플이 각기 숲 속이나 거닐겠다며 자연스럽게 떨어졌답니다⋯⋯.」

매그레는 아무 생각도 드러내지 않는 눈빛으로 젊은이를 지그시 바라보고 있었다.

「그다음은?」

「네? 아, 네⋯⋯.」

제라르는 잔뜩 거들먹거리는 표정으로 장난스레 웃었다.

「그게 어떻게 된 일인지 더는 도저히 말 못 하겠네요. 워낙에 무슨 일이든 질질 끄는 건 익숙지 않아서⋯⋯. 아무튼 그 여자는 전혀 뜻밖이었나 보더라고요⋯⋯.」

매그레는 상대의 어깨에 한 손을 얹고서 천천히 물었다.

「그게 정말이오?」

모두 사실임을 매그레는 직감적으로 느꼈다! 그 당시 안나의 나이가 스물한 살에 지나지 않았을 테니⋯⋯.

「그 후에는?」

「그게 전부죠! 여자가 워낙 박색이지 않습니까…….
돌아오는 기차 안에서 그 여자가 내 눈을 골똘히 쳐다보
더군요. 그때 알았죠, 이쯤에서 빨리 떨쳐 버리는 게 최선
이라는 걸…….」

「여자 쪽에서 매달리진 않던가요?」

「전혀요! 그걸 미연에 방지하기 위해 다 조처를 했거
든요. 아마 고집을 부려 봐야 소용없다는 걸 느꼈을 겁니
다……. 다만 어쩌다 그 여자와 길에서 마주칠 때마다 항
상 그 두 눈이 총구가 아닌 게 다행이라는 생각만 들 뿐
이죠…….」

어느새 젊은이의 아버지와는 거리가 좁혀지고 있었다.
피에드뵈프 씨는 부착식 옷깃을 떼어 낸 셔츠 차림에 헝
겊 슬리퍼를 신은 상태로 두 남자가 다가오기를 기다리
고 있었다.

「오늘 아침 집에 오셨다고 하더군요. 어서 들어오시
죠……. 반장님께 얘기해 드렸냐, 제라르?」

매그레는 하얀색 나무 디딤판들이 그다지 튼튼해 보
이지 않는 좁은 계단을 걸어 올라갔다. 부엌 겸 식당 겸
거실로 사용하는 방이 나타났다. 남루하고 너절한 공간
이었다. 식탁은 파란색 무늬의 방수포로 덮여 있었다.

피에드뵈프가 불쑥 얘기를 꺼내는데, 지적인 면에서 많

이 부족해 보이는 태도였다.

「도대체 우리 딸애를 누가 죽였을까요? 그날 저녁, 다달이 오는 돈도 못 받았고 조제프로부터 아무런 소식도 없다면서 집을 나갔거든요.」

「다달이 오는 돈이라뇨?」

「그럼요! 아이 양육비 조로 매달 백 프랑씩 부쳐 왔거든요. 그 정도면 아주 약소한 거죠.」

아버지가 뻔한 푸념들을 또다시 늘어놓을 거라 느낀 제라르가 얼른 말을 끊었다.

「이분은 그런 것에 관심 없으십니다! 반장님이 원하는 건 사실들이에요, 증거 말입니다! 조제프 페이터르스는 그날 지베에 오지 않았다고 주장하지만, 내가 증명할 수 있습니다! 그는 오토바이를 타고 왔어요.」

「증언 얘길 하려는 거죠? 그건 이제 효력이 없습니다. 8시 조금 지나서 둑길을 오토바이 타고 지나갔다는 또 다른 사람이 나타났거든요…….」

「오호라!」

젊은이는 곧장 공격적인 자세로 따져 물었다.

「이제야 본색을……. 애당초 우리 편이 아닌 거죠?」

「난 누구의 편도 아니외다! 오로지 진실을 구할 뿐이오」

하지만 제라르는 냉소를 짓더니, 아버지에게 큰 소리로 말했다.

「이 사람은 지금 우리의 허를 찌르려고 여기 온 겁니다. ……죄송하지만, 이제 그만 가주셔야겠습니다, 반장님. 내가 식사를 좀 해야겠거든요. 얼른 먹고 사무실에 2시까지 나가 봐야 합니다! 보다시피 입에 풀칠하기 바쁜 처지라.」

더 붙잡고 실랑이해 봐야 얻을 게 없는 상황이었다. 마지막으로 주변을 흘끔 둘러보는 매그레의 눈에 옆방 아동용 접이식 침대가 눈에 띄었다. 그는 곧장 그 집을 나왔다.

뫼즈 호텔에선 마셰르가 매그레를 기다리고 있었다. 유리문을 사이에 두고 카페와 분리되어 있는 작은 식당에는 출장 온 투숙객들이 식사를 하고 있었다.

하지만 카페에서도 간단한 식사는 할 수가 있어서 그곳에서 끼니를 때우는 사람도 더러 있었다.

마셰르 말고도 사람이 한 명 더 있었다. 작은 키에 어깨가 떡 벌어지고 울퉁불퉁 긴 팔을 가진 사내가 아페리티프를 마시고 있었다. 그는 반장이 들어오는 걸 보더니 자리에서 일어났다.

마셰르 형사가 다소 흥분한 표정으로 말했다.

「이분이 귀스타브 카생이라고, 에투알 폴레르호 선장입니다!」

매그레는 자리에 앉았다. 테이블에 놓인 받침 접시를

보니, 둘이서 아페리티프를 세 잔째 마시는 중임을 알 수 있었다.

「카생 씨가 반장님께 드릴 말씀이 있답니다…….」

기다리던 중이었다! 마셰르가 말을 마치기 무섭게 선장은 뭔가 중요한 얘길 하려는 듯 반장의 어깨 쪽에 바짝 다가들며 말했다.

「입이 삐뚤어져도 할 말은 해야 하는 법, 안 그렇습니까? 단, 해달라지도 않은 얘길 굳이 할 필요는 없는 거겠고……. 돌아가신 아버지께서 늘 말씀하셨죠, 쓸데없이 나서지 말 것!」

「여기 맥주 한 잔!」

다가오는 종업원에게 매그레가 중산모를 뒤로 젖히고 외투 단추를 풀면서 외쳤다.

그는 얼른 말문을 열지 못해 꾸물거리는 뱃사람을 꼬나보며 웅얼대듯 내뱉었다.

「1월 3일 저녁 당신이 만취해 있었다는 건 안 봐도 뻔하군그래…….」

「아, 천만의 말씀입니다! 몇 잔 걸치긴 했지만, 걸음걸이는 멀쩡했다고요. 이 두 눈으로 똑똑히 보기도 했고 말이죠.」

「오토바이가 오더니 플랑드르인의 집 앞에 딱 멈춰 서더라 이 말인가?」

「네? 아니죠, 그게 아니라……」

마셰르는 말을 중간에 끊지 말아 달라고 매그레에게 눈짓을 한 뒤 선장에게 계속하라는 제스처를 취해 보였다.

「둑길에서 여자를 한 명 봤단 말입니다……. 그 여자 얘기를 해드리려는 거예요. 그게 누구였는고 하니, 두 자매 중에 가게 일 보는 여자 말고 왜 있지 않습니까, 매일 기차 타고 다니는……」

「마리아?」

「아마 이름이 그럴 겁니다. 금발에다 깡마른 여자……. 어쨌든, 배를 매놓은 밧줄이 다 덜덜거릴 정도로 바람이 거셌기 때문에 그 여자가 밖에 나와 서성인다는 건 예삿일이 아니었죠……」

「그게 몇 시였죠?」

「글쎄요, 내가 자러 들어가는 길이었으니까…… 한 8시쯤 됐나……. 아마 조금 더 지났을 겁니다……」

「그 여자도 당신을 봤소?」

「아뇨! 내가 걸어가다 말고 세관 창고 뒤로 살짝 숨었거든요. 여자가 왠지 외로워하는 것 같기에, 이 몸이 좀 놀아 줄까 해서……」

「그렇겠지! 이미 강간죄로 두 번이나 벌을 받으신 몸이니까……」

카생이 씩 웃자 벌어진 입안으로 썩은 이빨들이 드러

났다. 좁은 이마에 아직은 짙은 갈색 머리, 그럼에도 얼굴은 수름투성이여서 좀처럼 나이를 가늠하기가 어려운 사내였다.

그는 자기가 하는 말의 반향에 무척이나 신경을 쓰고 있었다. 한 마디 할 때마다 먼저 매그레를, 그다음에 마셰르 형사를, 마지막으로 자기 뒤 테이블에 앉아 있는 다른 손님의 표정을 일일이 살피는 것이었다.

「계속하시오!」

「근데, 아니더라고요…….」

이쯤에서 뭔가 주저하는 눈치가 보였다. 뱃사람은 잔에 있던 것을 입안에 후딱 털어 넣더니 종업원에게 외쳤다.

「같은 걸로!」

그러고는 일사천리로 말을 이었다.

「애인이 필요한 게 아니더라 이 말입니다……. 그 와중에 가게에서 사람들이 나왔는데 앞문이 아니라 뒷문으로 나오더군요……. 뭔가 길쭉한 걸 들고 나와 뫼즈 강에 던지는 거예요! 정확히 내 배하고 그 뒤에 정박한 〈레 되 프레르〉호 중간쯤에 말입니다…….」

「여기 얼마요?」

매그레는 자리에서 일어나며 종업원에게 물었다.

별로 놀란 것 같지도 않았다. 반면 마셰르는 당황한 기색이 역력했다. 뱃사람도 어리둥절한 모양이었다.

「나하고 어디 좀 갑시다.」

「어디요?」

「그야 가보면 아는 거고…….」

「주문한 거나 마시고요!」

매그레는 느긋한 표정으로 기다렸다. 그는 몇 분 뒤에 점심을 먹으러 다시 오겠다는 말을 지배인에게 남긴 다음 술 취한 선장을 데리고 밖으로 나갔다.

다들 식탁을 마주할 시간이라 그런지 제방 주변이 한산했다. 굵은 빗방울이 떨어지기 시작했다.

반장이 물었다.

「그때 당신 위치가 정확히 어디였소?」

세관 창고는 매그레도 잘 아는 건물이었다. 카생은 그 한쪽 구석에 바짝 붙어 섰다.

「거기서 꼼짝하지 않았다는 거죠?」

「그렇다니까요! 남의 일에 괜히 껴들고 싶지 않았단 말입니다!」

「나랑 자리 좀 바꿉시다!」

선장이 서 있던 위치로 자리를 옮긴 매그레는 곧바로 사내를 노려보며 일갈했다.

「구라를 쳐도 그럴듯하게 쳐야지, 이 친구야!」

「네? 구라라뇨?」

「당신 말이 영 앞뒤가 안 맞잖아! 지금 이 자리에선 가게가 안 보일뿐더러, 아까 말한 배 두 척도 전혀 안 보인단 말이야!」

「그, 그게 말입니다……. 아까 여기라고 한 건…… 그러니까…….」

「어허, 그만하라니까! 구라도 좀 제대로 쳐보라고. 얘기 잘 짜 맞춰서 다시 찾아오든지. 그때 들어 보고 또 시원찮으면, 그땐…… 정말이지 당신 쇠고랑 한 번 더 차게 될지 몰라.」

마셰르는 자기 귀를 믿을 수 없었다. 낭패감에 곤혹스러워하면서도 그는 직접 창고 벽에 바짝 붙어 서서 반장의 얘기를 검증해 보려 애쓰는 것이었다.

「아, 정말 그러네!」

뱃사람은 아예 대꾸할 생각조차 없는지 고개를 툭 떨군 채 가만히 있었다. 그런 가운데 매그레의 구두코에 꽂힌 그의 사악하고 음흉한 시선이 느껴졌다.

「방금 내가 한 말 명심해. 좀 더 그럴듯한 이야기를 만들어 보란 말이야. 그러지 않으면 쇠고랑 차는 거야! ……자, 이만 갑시다, 마셰르!」

휙 돌아선 매그레는 파이프를 앙다문 채 다리 쪽으로 성큼성큼 걸어갔다.

「저 뱃사람이 정말…….」

「오늘 저녁이나 내일쯤 페이터르스네의 혐의를 입증하

겠다며 새로운 증거를 들고 나타날 거요……」

　마셰르 형사는 걸음을 헛디딜 정도로 당황했다.

　「도무지 모르겠군요……. 저자가 증거를 갖고 있다면……」

　「지금 가지고 있는 게 아니라, 앞으로 만들어 낼 거란 얘기지……」

　「어떻게 말입니까?」

　「그걸 내가 알겠소? 어떻게든 얘기를 짜낼 거외다.」

　「자신의 무고함을 주장하기 위해서 말인가요?」

　그쯤에서 반장은 대화를 접는 대신 혼잣말처럼 이렇게 중얼거렸다.

　「불 있소? 성냥이 죄다 젖었군……」

　이어서 들릴 듯 말 듯 스쳐 지나간 말 한 마디…….

　「진작 눈치챘어야 했는데……」

5

매그레의 저녁 행보

정오 즈음해서 비가 내리기 시작했다. 황혼 무렵 빗줄
기는 포도 위에 좀 더 요란한 소리를 내며 떨어졌다. 급기
야 저녁 8시, 폭우가 쏟아졌다.

지베의 거리엔 사람 하나 보이지 않았다. 제방을 따라
바지선 불빛들이 반짝이고 있었다. 매그레는 외투 깃을
잔뜩 추어올린 채 플랑드르인의 집으로 쳐들어갔다. 문
을 밀어 열자 이젠 익숙해진 종소리가 울렸고, 잡화점의
훈훈한 냄새가 훅 밀어닥쳤다.

1월 3일, 제르멘 피에드뵈프가 가게에 들어선 바로 그
시각이었다. 그 뒤로 그녀는 누구에게도 목격되지 않았다.

반장이 제일 먼저 주목한 것은, 그곳 주방이 가게와 유
리문 하나만으로 분리되어 있다는 점이었다. 문에는 얇
은 망사 커튼이 쳐져 있어서, 그 너머 사람 윤곽을 희미하
게 분간할 수 있었다.

누군가 일어섰다.

「그냥 계십시오!」

매그레가 버럭 외치면서, 곧장 주방으로 들이닥쳤다. 그야말로 일상의 모습을 있는 그대로 파헤치는 셈이었다. 가게로 나와 보기 위해 방금 일어선 사람은 페이터르스 부인이었다. 남편은 여느 때와 다름없이 불이 붙지 않을까 걱정될 정도로 난로에 바짝 다가간 버들가지 안락의자에 처박혀 있었다. 양벚나무 재질의 긴 설대를 갖춘 해포석 파이프가 그의 손에 쥐여 있었다. 하지만 더 이상 담배를 피우진 않았다. 눈이 감겨 있었고, 반쯤 벌어진 입술 사이로 규칙적인 숨을 내쉬고 있었다.

안나로 말하자면, 사포로 다듬어져 풍파의 흐름 속에서 절로 광택을 발하게 된 하얀 목재 테이블 앞에 앉아 있었다. 작은 수첩에다 무언가를 계산 중이었다.

「반장님을 식당으로 모셔라, 안나.」

하지만 반장은 바로 만류했다.

「아닙니다! 잠깐 들른 겁니다.」

「외투 이리 주세요.」

페이터르스 부인이 깊고 그윽하면서 다정다감한 음성의 소유자라는 사실을 매그레는 새삼 깨달았다. 가벼운 플랑드르식 억양 덕분에 한층 감미롭게 다가오는 목소리였다.

「커피나 한잔 드시죠!」

매그레는 자신이 들이닥치기 전에 그녀가 무슨 일을 하고 있었는지 궁금했다. 그녀가 앉았던 자리에는 쇠테 안경과 그날 신문이 놓여 있었다.

노인네의 숨소리가 집 안 전체의 삶에 박자를 붙이고 있는 것 같았다. 안나는 수첩을 덮고 펜 뚜껑을 닫은 다음, 자리에서 일어나 선반에 있는 찻잔을 가지러 갔다.

「실례지만 무슨 일로……」

여자가 우물거렸다.

「마리아와 얘기를 좀 나눌까 해서요.」

순간 페이터르스 부인이 괴로운 듯 고개를 저었다. 안나가 자초지종을 설명했다.

「나뮈르로 직접 찾아가지 않는 이상 앞으로 며칠간은 언니 보기가 어려울 겁니다. 지베에 사는 언니 동료가 아까 왔다 갔는데, 오늘 아침에 기차에서 내리다가 글쎄 발목을 접질렸다는군요……」

「지금 어디 있나요?」

「학교에요. 거기서 지내는 방이 따로 있거든요.」

페이터르스 부인은 여전히 고개를 절레절레 저으며 탄식을 내뱉었다.

「도대체 우리가 무슨 죄를 지었기에!」

「조제프는요?」

「토요일이 되기 전에는 다시 오지 않을 겁니다. 그러고 보니 벌써 내일이네요…….」

「마르그리트는 여기 오지 않았나요?」

「네. 걔는 아까 저녁 예배 때 봤는데요…….」

잔에 뜨거운 커피가 따라졌다. 페이터르스 부인은 잠시 나갔다가 진이 든 술병과 작은 잔 하나를 갖고 돌아왔다.

「오래 묵은 스키담[1]이에요.」

매그레는 의자에 앉았다. 그는 어떤 정보도 바라지 않았다. 부분적으로는 이 사건과 무관하게 지금 이곳에 와 있는 건지도 몰랐다.

이 집은, 무언가 콕 집어서 다른 점을 얘기할 순 없지만, 전에 네덜란드에서 조사를 벌였던 일을 생각나게 했다. 그때와 똑같은 고요함과 똑같이 무거운 공기, 마치 대기가 흐르지 않고 뭔가 단단한 것으로 이루어져 조금만 움직여도 그 전체가 부서져 버리고 말 것 같은 느낌…….

노인이 움직이지 않는데도 버들가지 안락의자에선 가끔씩 삐꺽대는 소리가 났다. 노인의 숨소리는 여전히 이곳의 삶과 대화에 박자를 부여하고 있었다.

안나가 플라망어로 무어라 말했는데, 전에 델프제일에서 몇몇 단어를 배웠던 매그레는 그 내용을 대부분 알아들을 수 있었다.

1 네덜란드, 벨기에, 프랑스 북부에서 생산되는 곡물 증류주.

「잔을 좀 더 큰 걸로 드렸어야죠……」

이따금 나막신을 신은 남자가 둑길을 지나갔다. 가게 진열창을 때리는 빗소리가 요란했다.

「그날도 비가 왔었다고 하지 않았던가요? 오늘처럼 거셌나요?」

「네…… 그랬던 것 같아요…….」

다시 자리에 앉은 두 모녀는, 잔을 들고 입가로 가져가는 매그레의 모습을 지켜보았다.

안나에게서는 어머니의 섬세한 얼굴 윤곽이랄지, 털털하면서도 다정다감한 미소를 전혀 찾아볼 수 없었다. 그저 늘 하던 대로 매그레의 눈을 똑바로 응시할 뿐이었다.

자기 방에서 사진이 없어진 사실을 알고 있을까? 분명 눈치 못 챘을 것이다! 눈치챘다면 무척 당황해 있을 텐데…….

페이터르스 부인이 말문을 열었다.

「반장님, 우리가 이 집에 산 지 35년 됐습니다. 제 남편은 원래 광주리 제조업으로 자리를 잡았고요, 그 뒤로 같은 집에 충만 더 쌓아 올린 거랍니다…….」

매그레는 딴생각을 하고 있었다. 제라르 피에드뵈프를 따라 로슈포르 동굴로 소풍을 떠났던, 지금보다 다섯 살 어린 안나 생각을…….

도대체 무엇이 그녀로 하여금 같이 간 남자의 품으로

뛰어들게 만들었을까? 왜 자신을 그렇게 내던진 걸까? 일을 치른 다음엔 대체 어떤 생각이 들었을까?

그녀의 인생에선 아마 그것이 유일한 일탈이었으리라. 더 이상 그런 경험은 없었을 터⋯⋯. 이 집의 생체 리듬 자체가 하나의 주술처럼 작용하고 있었다. 진을 마신 매그레의 머리 속이 둔중한 열기로 달아올랐다. 안락의자 삐걱대는 소리, 노인네 코 고는 소리, 창틀에 떨어지는 빗방울 소리, 극히 미세한 소음들을 그는 하나하나 감지하고 있었다.

그가 안나에게 말했다.

「오늘 아침에 연주했던 곡을 다시 한 번 들려주시겠습니까⋯⋯.」

안나가 망설이자 페이터르스 부인이 끼어들었다.

「그럼요! 쟤가 피아노 참 잘 치죠? 지베에서 가장 좋은 선생님한테 매주 세 차례씩 6년 동안 피아노를 배운 애랍니다⋯⋯.」

안나는 주방에서 나갔다. 그녀와 나머지 가족 사이로 문 두 개가 열려 있었다. 피아노 뚜껑이 삐걱대며 열렸다.

오른손으로 치는 몇 개의 늘어진 선율.

페이터르스 부인이 중얼거렸다.

「아마 노래를 할 것 같군요⋯⋯. 노래는 마르그리트가 더 잘하죠⋯⋯. 정식으로 음악 학교 시험을 보라는 말까지 있었다니까요.」

텅 빈 집 안을 울리며 선율이 흘렀다. 노인은 잠에서 깨어나지 않았고, 저러다 파이프가 떨어질까 걱정된 부인은 그걸 살며시 손에서 빼 벽의 못에 걸어 두었다.

거기서 매그레가 무슨 볼일이 더 있겠는가? 아무것도 더 캐낼 것이 없었다. 페이터르스 부인은 차마 신문을 다시 집어 들진 못한 채 눈으로만 훑으면서, 피아노 소리에 계속 귀 기울이고 있었다. 안나는 조금씩 조금씩 왼손까지 곁들여 가며 연주하고 있었다. 평상시 마리아가 학생들 과제물을 검토한 곳도 바로 이 식탁이었으리라.

그게 전부였다!

단 하나, 이곳 마을 사람들 전체가 페이터르스네 가족을, 바로 오늘과 별로 다를 것 없는 저녁에 제르멘 피에드뵈프를 살해한 범인으로 지목하고 있다는 점만 남았을 뿐이다!

별안간 울리는 가게 종소리에 매그레가 움찔했다. 그는 자신이 3주쯤 젊어져, 조제프의 정부가 가게로 들어와 아이 양육비를 요구하는 시점으로 옮겨 가 있다는 느낌이 순간 들었다.

손님은 방수복을 입은 뱃사람이었다. 페이터르스 부인에게 작은 병을 내밀어 진을 받아 담았다.

「8프랑이에요!」

「벨기에 돈으로?」

「프랑스 돈이죠. 벨기에 돈으론 10프랑이고…….」

매그레는 일어나 가게를 가로질러 갔다.

「벌써 가시게요?」

「내일 또 오겠습니다.」

밖으로 나오자 자기 배로 돌아가고 있는 아까 그 뱃사람이 보였다. 매그레는 뒤돌아서 집을 한 번 더 살펴보았다. 환하게 불 밝힌 진열창, 특히 부드럽게 흘러나오는 감상적인 선율 때문인지 꼭 무대 장식 앞에 선 것 같았다.

지금 저 선율에 섞여 들리는 것이 안나의 목소리 아닌가?

> ……당신은 돌아올 거예요,
> 오, 나의 멋진 연인이여…….

매그레는 진창 속을 철벅이며 걸었다. 빗줄기가 어찌나 드센지 어느새 파이프가 꺼져 있었다. 이젠 지베 전체가 하나의 무대처럼 느껴졌다. 뱃사람이 배 안으로 들어간 지금, 밖에 돌아다니는 생명체라곤 그림자도 보이지 않았다.

몇몇 창문에서 희미하게 내비치는 빛 말고는 아무것도 없었다. 불어난 뫼즈 강의 물소리가 피아노 소리를 서서히 뒤덮고 있었다.

2백여 미터를 걸어 나가자 비로소 무대 장식의 배경 쪽에 플랑드르인의 집이, 앞쪽에 피에드뵈프네 집이 한눈에 들어왔다.

2층에는 아무런 불빛도 없었고, 아래층 복도는 환히 밝혀져 있었다. 조산사가 아이와 단둘이 있는 모양이었다.

매그레는 우울했다. 애쓴 보람이 이렇게까지 안 느껴지는 건 드문 일이었다.

도대체 여기에 무얼 하러 왔단 말인가? 지금 특별 근무 중인 것도 아니지 않은가! 그저 사람들이 한 플랑드르인 가족을 젊은 여자 살해범으로 몰고 있을 뿐이다. 한데 죽은 여자가 있다는 사실조차 확인되지 않고 있다!

혹시 지베의 남루한 생활에 지친 나머지 브뤼셀이나 랭스, 낭시, 혹은 파리의 어느 술집에 죽치고 앉아 오가다 만난 사내들과 어울려 술이나 퍼마시고 있는 건 아닐까?

설사 그녀가 죽은 게 사실이라 해도, 과연 살해당한 것일까? 자포자기한 마음에 잡화점에서 나오자마사 흙탕물이 되어 버린 강물 속으로 빨려들듯 뛰어든 것은 아닐까?

어떤 단서도, 어떤 증거도 없다! 마셰르가 샅샅이 쑤시고 다니지만 아무것도 발견하지 못할 가능성이 크고, 결국 언젠가는 검찰청에서 사건을 종결 처리할 것이다.

한데 왜 매그레가 이 낯선 무대에 끼어들어야 하는가

말이다…….

저만치 맞은편, 뫼즈 강 건너에 전등 하나 달랑 켜져 있는 공장 마당이 보였다. 아울러 철책 가까이 불 밝혀진 경비 초소도 눈에 들어왔다.

피에드뵈프 영감이 근무 중인 모양이었다. 밤새도록 무얼 하면서 지내는 걸까?

반장은 자기도 정확한 이유를 모른 채 무작정 호주머니에 두 손 찔러 넣고 다리 쪽으로 걸어갔다. 아침에 그로그를 시켜 마셨던 카페에서는 예인선 선장과 10여 명의 뱃사람들이 어찌나 큰 소리로 떠들어 대는지 둑길에서도 다 들릴 정도였다. 하지만 매그레는 걸음을 멈추지 않았다.

전쟁 중 파괴된 석교 대신 들어선 철교의 세로 버팀대들이 거센 바람의 힘에 부르르 떨고 있었다.

맞은편 둑길엔 포석이 깔려 있지 않았다. 그냥 진흙탕 속을 철벅거리며 걸어가는 수밖에 없었다. 떠돌이 개 한 마리가 하얗게 석회 칠이 된 담벼락에 바짝 붙어 있었다.

철책 한 귀퉁이에 작은 출입구가 나 있었다. 문득 초소 유리창에 바짝 붙어 밖을 내다보는 피에드뵈프 영감의 얼굴이 보였다.

「안녕하십니까?」

영감은 손수 검게 염색한 낡은 군복 상의를 입고 있었

다. 그 역시 파이프를 피우고 있었다. 초소 한복판에는 작은 난로가 놓여 있고, 그로부터 뻗어 나온 연통이 두 번 굽어 벽을 뚫고 빠져나갔다.

「여긴 밤에 아무나…….」

「들어오지 못한다는 거, 압니다!」

나무 벤치가 하나, 짚방석 의자 하나. 매그레의 외투에선 벌써부터 김이 모락모락 피어나기 시작했다.

「밤새도록 이곳을 지키는 건가요?」

「웬걸요! 모두 합해 세 차례 공장 마당과 작업장들을 순찰해야 합니다.」

멀리서는 무성한 잿빛 콧수염이 약간의 환상을 초래할 수도 있었다. 한데 가까이서 보자 현재의 처지에 심한 열등감을 가져, 툭하면 자기 속으로 기어들기 십상인 소심한 남자일 뿐이었다.

갑작스런 매그레의 방문에 적잖이 놀란 것 같았다. 매그레는 무슨 말을 어떻게 꺼내야 할지 난감했다.

「그러니까 당신은 늘 혼자 지내시는군요. 밤에는 이곳에서…… 아침엔 침대에서…… 그럼 오후에는……?」

「정원 일을 봅니다!」

「조산사가 하는 일 아닌가요?」

「그렇긴 합니다만…… 채소밭을 함께 나누어 가꾸거든요…….」

난로의 타다 남은 재 속에 동글동글한 형태의 무언가가 매그레의 눈에 띄었다. 부지깽이로 이리저리 뒤집어 보니, 껍질을 까지 않은 감자들이 나왔다. 그 정도면 알 만했다. 한밤중 홀로 우두커니 허공을 바라보며 감자를 까먹는 남자의 모습이 머릿속에 그려졌다.

「아들이 공장에서 일하는 아버지를 보러 온 적은 없습니까?」

「전혀요!」

이곳에서도 역시 문 앞에 하나둘 떨어지는 빗방울 소리는 인생의 무상한 박자를 구현하고 있었다.

「정말로 당신 딸이 살해당했다고 생각합니까?」

남자는 얼른 대답을 하지 못했다. 그는 시선을 어디로 두어야 할지 모르고 있었다.

「제라르가……」

피에드뵈프 씨는 갑자기 복받치는 감정으로 목이 메었다.

「아무튼 우리 애는 자살하지 않았을 겁니다……. 떠나지도 않았을 거예요……」

뜻밖의 처절한 반응이었다. 남자는 기계적으로 파이프에 담배를 다져 넣었다.

「그 사람들 짓이 아니라면……」

「조제프 페이터르스는 전부터 잘 아는 청년이었습니까?」

페이드뵈프는 고개를 돌리며 이렇게 대답했다.

「그자가 우리 애와 결혼하지 않을 거라는 걸 난 알고 있었죠. 그 사람들 워낙 부자 아닙니까……. 우리는……」

벽에는 멋진 전기 시계가 하나 걸려 있는데, 이곳의 유일한 사치품이었다. 정면의 칠판에는 분필로 〈채용 없음〉이라고 적혀 있었다.

출입문 가까이 보이는 다소 복잡한 기계는, 커다란 톱니바퀴를 이용해 직원들의 출퇴근 시각을 기록하는 장치였다.

「순찰 돌 시간이군요……」

매그레는 이 남자의 생활을 좀 더 깊숙이 파고들자는 생각에 같이 순찰을 돌자고 제안할 뻔했다. 피에드뵈프는 발목까지 내려오는 두루뭉술한 우비를 걸치고 구석에서 악천후용 각등(角燈)을 집어 들었다. 이미 환하게 불이 붙은 등은 심지만 더 돋워 주면 됐다.

「당신이 왜 우릴 못 잡아먹어 안달인지 모르겠구려……. 하긴 당연한 일이지……. 제라르도 그럽디다……」

두 사람이 마당으로 나서자 비 때문에 대화가 중단될 수밖에 없었다. 피에드뵈프는 철책까지 손님을 배웅했다. 순찰을 돌기 전에 출입문을 닫아걸 참이었다.

거기서 반장은 또 한 번 놀라고 말았다. 규칙적으로 배열된 쇠창살로 균등하게 분할된 하나의 광경이 눈에 들어온 것이다. 강 건너편에 매여 있는 바지선들과 플랑드르인의 집, 그 환한 진열창, 그리고 50미터씩 간격을 두고 전등들이 동그란 불빛을 그리고 있는 둑길…….

세관 건물과 카페 데 마리니에도 아주 잘 보였다.

무엇보다, 들어가서 왼쪽으로 두 번째가 피에드뵈프네 집인 골목 모퉁이도 보였다.

그렇다면 1월 3일에도…….

「부인께서 돌아가신 지가 오래되었나요?」

「다음 달이면 12년째입니다. 폐병으로 죽었죠…….」

「지금 시각에 제라르는 무얼 하고 있을까요?」

각등이 경비원 손끝에서 덜렁거렸다. 그는 자물쇠 구멍에 벌써 큼직한 열쇠를 꽂아 넣었다. 멀리서 기차 기적 소리가 울렸다.

「아마 시내로 외출해 있겠죠…….」

「시내 어느 쪽인지는 모르시죠?」

「젊은 애들은 대개 카페 드 라 메리에 모이는 편입니다!」

매그레는 또다시 빗속으로, 어둠 속으로 파고들었다. 이번에는 조사 활동이 아니었다. 그 어떤 시작점도, 근거도 없었다.

바람이 훑고 지나가는 작은 도시에 각자 자기 나름의 삶을 추구하는 몇 안 되는 인간이 있을 뿐이었다.

그들 모두가 성실한 사람들일까? 아마도 그중 누구는

한밤중 거리를 배회하는 이 육중한 실루엣을 생각만 해도 등골까지 오싹해질 불안한 영혼을 감추고 있을 터.

매그레는 자기가 묵고 있는 호텔 앞을 그냥 지나쳐 갔다. 지배인을 포함한 사람들 속에서 한껏 거드름 피우며 열변을 토하고 있는 마셰르 형사가 창문 너머로 보였다. 보아하니 술이 네다섯 순배는 돌아간 듯했다. 지금은 지배인이 낼 차례였다.

잔뜩 기가 산 마셰르는 과장된 제스처를 써가며 이렇게 말하고 있는 것 같았다.

〈하여튼 파리 출신 형사들이란 자기들이 뭐나 되는 줄 알고…….〉

그러고는 플랑드르인 얘기로 넘어가는 것이었다! 그야말로 박살을 내고 있었다!

좁은 길이 끝나는 지점에 제법 넓은 광장이 있었다. 그 한 모퉁이에 전면이 하얗고 창문 세 개가 환히 밝혀진 카페가 하나 자리하고 있었다. 다름 아닌 카페 드 라 메리였다.

문을 열자마자 웅성대는 소음이 손님을 반기는 그런 곳. 함석판 카운터와 테이블들. 붉은 융단이 깔린 테이블 앞에서 카드 게임 하는 사람들. 파이프와 궐련으로 뿜어대는 매캐한 연기와 미지근해진 맥주의 시큼한 냄새…….

「두 잔 더!」

대리석 계산대 위에 동전 구르는 소리. 흰색 앞치마를 두른 종업원.

「여기!」

매그레는 아무 자리에나 되는대로 앉았다. 부연 거울들 중 하나에 제라르 피에드뵈프의 모습이 비쳤다. 그 역시 마셰르와 마찬가지로 무척 고양된 상태였다. 그는 반장을 보자 곧바로 말을 멈추었고, 아마도 함께 있는 사람들을 발로 툭툭 건드리는 듯했다.

남자 한 명과 여자 두 명, 모두 네 명이 한 테이블을 차지하고 있었다. 다 같은 또래의 젊은이들이었다. 여자는 공장에서 일하는 여공들이 분명했다.

갑자기 입을 다무는 분위기였다. 다른 테이블에서 카드 게임 하는 사람들도 한껏 목소리를 낮추는 가운데, 모든 시선이 갑자기 등장한 불청객에게로 집중됐다.

「맥주 한 잔!」

파이프에 불을 붙인 매그레는, 빗물 흠뻑 먹은 중산모를 벗어 긴 의자의 갈색 인조 가죽 시트에 내려놓았다.

제라르 피에드뵈프는 빈정대는 미소를 지으면서 낮은 목소리로 이죽거렸다.

「플랑드르 놈들과 한통속이라니까……」

꽤 마신 모양이었다. 눈동자가 지나치게 번들거렸다. 자줏빛으로 변한 입술 때문에 창백한 안색이 더욱 두드러졌다. 누가 봐도 흥분한 모습이었다. 주변 구경꾼들의 반응을 예의 주시하고 있었다. 동석한 여자들 정신 쏙 빼놓을 얘깃거리를 찾아 애쓰고 있었다.

「이봐, 니니, 네가 만약 부자가 된다면 그땐 더 이상 경찰 따윈 무서워하지 않아도 될 거다……」

옆에 있던 친구가 입을 다물게 하려고 팔꿈치로 툭 찔렀지만, 오히려 더욱 자극하는 결과를 가져왔다.

「뭐가 어때서? 이젠 자기 생각을 말할 권리도 없어진 건가? 다시 한 번 말하지만, 경찰이라는 게 언제부터 돈 있는 사람 뒤치다꺼리나 하게 됐는지 말이야……. 너희들이 가난한 이상……」

얼굴이 창백했다. 요컨대 자기가 하는 말에 스스로 놀라면서도 기왕에 얻은 후광을 유지하고 싶은 눈치였다.

매그레는 맥주 거품을 흩어 낸 뒤 한 모금 꿀꺽 들이켰다. 카드놀이 중인 사람들이 중얼거리는 소리가 사이사이의 침묵을 방해하고 있었다.

「높은 거 세 장……」

「잭 네 장……」

「자네 차례야!」

「내가 이겼어!」

감히 고개까지 돌려 바라볼 엄두가 나지 않는 두 여공은 거울을 통해 매그레의 모습을 살피고 있었다.

「세상에, 프랑스에서 프랑스인으로 사는 것을 범죄처럼 생각해야 할 판이라고! 더군다나 돈까지 없다면 말 다 했지…….」

계산대에선 주인이 잔뜩 인상을 구기고 있었다. 그는 젊은이가 만취한 상태임을 이해해 주길 바라는 마음에서 노골적으로 매그레를 바라보고 있었다.

「스페이드! 어럽쇼, 또 스페이드야! 이건 정말 예상 못 한 패인걸…….」

한편 제라르는 모두에게 들리도록 신경 쓰면서 얘기를 이어 갔다.

「밀수로 재산을 모으는 작자들! 지베에선 모르는 사람이 없지! 전쟁 전에는 시가와 레이스 제품들을 다루더니만, 이제는 벨기에에서 금지되니 플랑드르 뱃사람들을 상대로 진을 팔아……. 그런 식으로 돈 벌어서 자식새끼는 변호사 만들겠다는 거지……. 하하하, 그 친구 꼭 변호사 돼서 자기 자신이나 열심히 변호해야 할걸!」

매그레는 여전히 모든 이의 시선을 모은 채 혼자 테이블을 차지하고 앉아 있었다. 외투를 벗지도 않았다. 양어깨는 빗물에 젖어 번들거렸다.

자칫 소동이 일어날까 불안한 나머지 주인이 반장에게 다가왔다.

「신경 쓰지 마십시오. 술을 많이 마셨거든요……. 힘들기도 하겠고……」

한편 젊은이 옆에 앉아 있던 작은 체구의 여자가 겁먹은 표정으로 중얼거렸다.

「제라르, 이만 나가요!」

「그럼 내가 겁먹은 걸로 생각할걸!」

그는 여전히 매그레를 등지고 앉아 있었다. 두 사람 다 거울을 통해서밖에는 상대의 표정을 살필 수가 없었다.

다른 손님들은 태연한 척하느라 카드놀이를 할 뿐 점수를 기록하는 것도 잊고 있었다.

「웨이터, 여기 코냑 한 잔!」

주인은 거부할까 잠시 망설였다. 하지만 매그레가 전혀 신경 쓰지 않는 듯 보이는 마당에 차마 손님 주문을 물리칠 수 없었다.

「빌어먹을……! 결국 그렇게 되는 거야! 저 인간들이 우리 딸자식을 맘대로 가지고 놀다가, 싫증 나면 죽여 버리고 있다고……. 그런데도 경찰이라는 게……」

그러는 동안 반장의 머릿속엔 피에드뵈프 영감이 어른거리고 있었다. 염색한 제복 차림으로 악천후용 각등을 들고 작업장들을 순찰한 뒤 훈훈한 자기 소굴로 돌아와 감자를 까먹고 앉아 있는 그 모습…….

저만치 맞은편에는 피에드뵈프네 집이 있고, 아이를 재운 다음 자신도 잠자리에 들 시간만을 기다리며 신문을 읽거나 뜨개질을 하고 있을 조산사……. 그다음, 더 멀리엔 플랑드르인이 운영하는 잡화점……. 가족 중 누군가 페이터르스 영감을 깨워 일으켜 침실로 데리고 들어가고, 부인은 덧문들을 닫고 있을 터……. 안나는 홀로 남아 자기 방에서 잠옷으로 갈아입을 테고……. 흐르는 물살 속에서도 밧줄을 팽팽히 당기며 잠들어 있는 짐배들은 키가 삐걱거리는 가운데 뱃전을 서로 부딪치고…….

「여기 맥주 한 잔 더 주쇼!」

매그레의 목소리는 차분했다. 천천히 피우는 담배 연기가 천장을 향해 몽개몽개 오르고 있었다.

「모두들 저것 좀 보라고, 나를 비웃고 있다니까! 나를 비웃는 거라고…….」

완전히 속수무책이 되어 버린 주인은 난감한 표정이었다. 급기야 말썽이 벌어지는 상황이었다.

마지막 말을 내뱉는 동시에 제라르가 자리에서 벌떡 일어나 정면으로 매그레를 바라보는 것이었다. 초췌한 얼굴에 입술이 분노로 잔뜩 일그러져 있었다.

「거봐, 내가 말했잖아, 우릴 비웃느라 여기 온 거라고! 다들 저자를 보란 말이야! 내가 술 좀 마신 걸 갖고 우릴 업신여기고 있잖아……. 아니지, 우리가 돈이 없기 때문이겠지…….」

매그레는 꼼짝도 하지 않았다. 희한할 정도로 미동이

없었다! 테이블의 대리석 같은 부동자세였다. 손에는 잔을 쥔 채 담배 연기만 뿜어 대고 있었다.

「다이아몬드가 으뜸 패요!」

누군가 분위기를 반전시켜 볼까 싶어 버럭 외쳤다.

그러자 제라르가 바로 그 테이블에 널린 카드들을 모아 쥐더니 냅다 팽개치는 것이었다.

순간 손님들 중 절반 가까이 자리에서 벌떡 일어났다. 선뜻 나서는 이는 없었지만, 여차하면 끼어들 판이었다.

매그레는 그대로 앉아 담배를 피우고 있었다.

「자, 저자를 보란 말이야! 우릴 비웃고 있어! 내 여동생이 살해당한 걸 알고 있다고…….」

주인은 이제 어떻게 해야 할지 알 수가 없었다. 제라르와 동석하고 있던 두 여자는 겁에 질린 눈으로 서로를 바라보고 있었다. 그들은 출입문에 이르는 통로를 이미 다 봐둔 상태였다.

「감히 말을 못 하는군! 두고 보라니까, 입 한 번 뻥끗 못할 테니까……. 겁이 난 거라고! 그래, 진실이 밝혀질까 두려운 거야!」

「저 인간 취했습니다!」

주인은 매그레가 슬그머니 일어서는 걸 보더니 다급하게 말했다.

하지만 너무 늦었다! 카페 안 그 누구보다 지금 겁을

집어먹은 사람은 다름 아닌 제라르였으니……. 시커멓게 젖은 덩치가 그의 앞으로 뚜벅뚜벅 다가오고 있었다…….

젊은이는 오른손을 후딱 호주머니 속으로 집어넣었는데, 그 동작과 더불어 한 여자의 찢어질 듯한 비명이 터져 나왔다.

젊은이가 호주머니에서 꺼내려던 건 다름 아닌 권총! 하지만 반장의 솥뚜껑 같은 손이 먼저 움직여 단번에 그걸 낚아챘다. 동시에 발이 튀어나오는가 싶더니, 순식간에 제라르의 다리를 걸어 쓰러뜨렸다. 눈앞에서 벌어진 상황을 정확히 파악한 손님은 기껏해야 3분의 1 정도. 그럼에도 지금은 모두가 일어나 있었다. 권총은 매그레의 손에 들려 있었고, 제라르는 주춤거리며 몸을 일으키고 있었다. 자신의 참패로 끝난 상황이 못내 아쉽고 창피한 기색이었다.

평소와 다름없는 침착한 태도로 무기를 호주머니에 챙겨 넣는 반장을 보며 젊은이가 거칠게 내뱉었다.

「결국 나를 체포할 셈이로군!」

아직 혼자 제대로 서지 못한 상태에서 주위 사람들의 부축을 받고 일어선 그는 처량한 모습이었다.

「가서 잠이나 자게!」

매그레가 점잖게 말했다.

상대가 미처 이해하지 못한 듯 보이자, 그는 이렇게 외쳤다.

「거기, 문 좀 열어 주시오!」

숨 막힐 것 같은 실내 공기 속으로 차가운 바람이 쑥 밀어닥쳤다. 매그레는 제라르의 어깨를 붙잡고 보도 쪽으로 밀어붙이며 다시 말했다.

「가서 잠이나 자!」

문이 도로 닫혔다. 결국 한 사람을 덜어 낸 셈이었다. 바로 제라르 피에드뵈프를…….

입을 대다 만 맥주잔 앞에 다시 앉으면서 매그레가 으르렁댔다.

「맛이 가도록 취했어!」

손님들은 어떻게 해야 할지 아직 감이 안 오는 모양이었다. 일부는 각자 자기 자리로 돌아가 앉았고, 일부는 여전히 엉거주춤 서 있었다.

매그레는 맥주를 한 모금 들이켠 뒤 탄식하듯 내뱉었다.

「별일 아니올시다!」

그러고는 아무 영문도 몰라 어리둥절해 있는 옆 사람을 쳐다보며 덧붙였다.

「다이아몬드가 으뜸 패라면서요…….」

6

망치

매그레는 게을러서라기보다 딱히 할 일이 없을 것 같아, 모처럼 늦잠을 자기로 했었다. 개운치 않은 기분으로 잠에서 깼을 때가 아침 10시경이었다.

다짜고짜 시끄럽게 문 두드리는 소리가 들렸는데, 이는 그가 무엇보다 싫어하는 것이었다. 미처 깨지 못한 감각을 통해서도 발코니에 부딪는 빗줄기 소리가 고스란히 전해져 왔다.

「누구요?」

「마셰르입니다.」

형사는 마치 승리의 나팔을 불듯 자기 이름을 댔다.

「들어오시오! 가서 커튼을 좀 걷어 주구려……」

매그레는 침대에 그대로 누운 채 칙칙한 날의 침울한 햇살이 밀려드는 것을 바라보았다. 저 아래에선 여자 생선 장수가 호텔 지배인을 상대로 생선 자랑을 떠들썩하게 늘어놓고 있었다.

「새로운 소식입니다! 오늘 아침 첫 우편으로 도착한 거예요……」

「잠깐! 계단에 나가서 아침 식사 좀 올려 달라고 소리쳐 주겠소? 여긴 호출 벨이 따로 없어서……」

매그레는 침대를 떠나지 않고, 담배가 채워진 채 손닿는 곳에서 대기 중인 파이프에 불을 붙였다.

「무슨 소식이오?」

「제르멘 피에드뵈프 관련 소식입니다.」

「그래, 죽었답니까?」

「죽었다마다요!」

이 말을 마셰르는 거의 환희에 가까운 표정으로 내뱉으면서, 대형 서식으로 작성된 네 장의 편지를 꺼내 들었다. 거기엔 다음과 같은 별도의 행정 통지문까지 첨부되어 있었다.

위이 검찰청에서 브뤼셀 소재 내무부로 전송

내무부에서 파리 수사국으로 전송

수사국에서 낭시 기동 수사대로 전송

지베에 파견된 마셰르 형사에게 전송…….

「요점만 추려서 말해 주겠소?」

「아 그게, 간단히 말하자면, 뫼즈 강변의 위이에서 여자 시신을 건졌다는 내용입니다. 여기서 1백 킬로미터 남짓 떨어진 곳이죠. 지금으로부터 한 닷새 전이었답니다. 제가 벨기에 경찰에 미리 정보 요청을 해두었는데, 그동안 그걸 깜빡한 모양이에요. 일단 내용을 읽어 드리겠습니다……」

「들어가도 될까요?」

커피와 크루아상을 가지고 온 객실 담당 여종업원이었다. 여자가 나간 뒤에야 마셰르는 문서를 읽기 시작했다.

「19○○년 1월 26일 현재……」

「저런, 그게 아니지! 결론만 알려 달란 말이외다, 결론만……」

「아, 네…… 여자가 살해된 게 거의 확실시된다는 겁니다! 이젠 단순히 생각으로만 확실한 게 아니라, 물리적으로 확실한 단계라는 거죠. 자, 들어보십쇼……. 〈시신의 상태로 미루어, 대략 3주에서 한 달가량 물속에 잠겨 있었던 걸로 판단되며…….〉」

「간단하게!」

매그레는 음식을 먹어 가면서 으르렁댔다.

「〈그 부패 상태는…….〉」

「그건 알겠고…… 결론 말이오, 결론! 그딴 세세한 묘사는 관두고!」

「한 페이지 전체가 그런걸요…….」

「뭐가 그렇단 말이오?」

「묘사로 채워져 있다고요……. 아무튼, 관두라고 하시니…… 뭐 그다지 단정적인 내용은 없습니다……. 하지만 한 가지는 확실하네요. 제르멘 피에드뵈프가 수장되기 한참 전에 사망했다는 사실 말입니다. 의사 말로는, 이미 2~3일 전에…….」

매그레는 여전히 크루아상을 커피에 적셔서 먹고 있었다. 반장의 시선이 직사각형의 창문에만 꽂혀 있어서, 마셰르는 그가 전혀 듣고 있지 않다고 생각했다.

「흥미가 없나요?」

「계속하시오.」

「부검에 관한 상세 보고서가 있는데요…… 들어보시겠습니까? ……싫습니까? 좋습니다! 그럼 제일 흥미로운 점만 언급하고 넘어가죠. 시신의 두개골이 완전히 함몰되었는데, 현재 의사들은 직접적인 사인이, 망치나 쇠뭉치 같은 둔기에 의해 생긴 바로 그 골절상이라고 본답니다…….」

매그레는 다리를 차례차례 한 쪽씩 침대 밖으로 내놓으며 천천히 일어났다. 잠시 거울에 얼굴을 비춰 보던 그는 면도솔을 사용해 볼에다 비누칠을 하기 시작했다. 그가 면도를 하는 동안 마셰르 형사는 타자로 친 보고서를 다시 읽어 내려갔다.

「이상하다고 생각하지 않습니까? 망치로 내리친 거 말고요…… 사망 후 2~3일이 지나서야 물에 던져졌다는 사실 말입니다! 아무래도 플랑드르인의 집에 다시 가봐야 할 것 같습니다.」

「제르멘 피에드뵈프 양의 시신이 착용하고 있던 옷가지 목록을 가지고 있소?」

「네…… 잠깐만요…… 상당히 낡은 스트랩 구두를 신었고요…… 검정 스타킹에…… 싸구려 분홍빛 속옷에…… 상표가 안 붙은 검은 서지 원피스…….」

「그게 전부요? 외투는 없소?」

「아…… 그러게요!」

「그때가 1월 3일이었소. 비가 오고 있었고…… 날씨가 추웠단 말이지…….」

마셰르의 표정이 금세 어두워졌다. 그는 밑도 끝도 없이 중얼거렸다.

「그러고 보니…….」

「그러고 보니, 뭐요?」

「그녀는 편안하게 환영받을 정도로 페이터르스네 가족과 친한 사이가 아니잖습니까……. 게다가 가해자가 굳이 그녀의 외투를 벗길 이유가 과연 뭔지도 모르겠고요. 차라리 신분 확인을 어렵게 하기 위해 옷을 죄다 벗겼으면 모를까…….」

매그레는 방 한가운데에 있는 형사에게 물이 튈 정도로 요란하게 세수를 했다.

「피에드뵈프 씨 가족도 이 소식을 알고 있소?」

「아직요……. 반장님이 직접 알려 주시는 게 어떨까 합니다…….」

「천만에! 내가 꼭 그럴 이유는 없지……. 당신 혼자라 생각하고 일해 주시오.」

그러고는 커프스단추를 찾아 옷을 다 갖춰 입더니, 마셰르를 문 쪽으로 떠다밀며 말했다

「난 이만 나가 봐야겠소……. 나중에 봅시다.」

어디로 갈지는 자신도 몰랐다. 그냥 무작정 밖으로 나왔고, 도시 속을 또다시 파고들 생각밖에 없었다. 그런 매그레의 발길이 우연하게 멈춘 곳은 다음과 같은 구리 표지판 앞에서였다.

판 데 베이르트 박사

진료 시간: 오전 10시부터 정오까지

잠시 후 매그레는 대기실에서 기다리는 손님 세 명에 앞서, 아이처럼 뽀얀 피부에 페이터르스 부인처럼 새하얀

백발의 작은 남자에게로 안내되었다.

「어디 안 좋으신 데라도……?」

그는 양 손바닥을 문질러 대면서 말했다. 견고한 낙천성이 묻어나는 모습이었다.

「직접 조사해 주시기로 했다고 제 딸한테 들었습니다……」

「일단 질문부터 하나 드리겠습니다. 망치로 여자의 두개골을 함몰시키려면 어느 정도의 힘이 필요한가요?」

낡은 모닝코트 차림에 굵은 시곗줄을 배 앞으로 늘어뜨린 이 땅딸막한 남자의 황당해하는 표정이 자못 흥미로웠다.

「두개골을요? 그걸 제가 어떻게 알겠습니까? 이곳 지베에서는 그런 경우를 다뤄 본 적이 없어서……」

「예컨대, 여자의 힘으로도 가능한지……」

박사는 기겁을 하며 손사래를 쳤다.

「여자가요? 말도 안 되죠! 여자가 어떻게……」

「판 데 베이르트 씨, 혹시 혼자 몸이신가요?」

「20년 전부터 그렇습니다. 다행히 제 딸이……」

「조제프 페이터르스에 대해 어떻게 생각하십니까?」

「그 친구…… 아주 훌륭한 청년이죠! ……사실 제 바람은 그 친구가 의학을 선택하는 거였습니다. 그래야 제 진료실을 물려받을 테니까요……. 한데 법학에 뜻이 있다니

어쩌겠습니까……. 아주 비상한 재원인데 말이죠.」

「건강상으론 어떤가요?」

「아주 양호하죠! 건강합니다! 워낙 공부에 매달리는 데다 덩치도 크다 보니 자주 피로를 느끼긴 합니다만…….」

「혹시 페이터르스 씨 가족한테 유전적인 결함은 없습니까?」

「유전적인 결함요?」

어찌나 놀라는지, 그런 용어 자체를 처음 들어 보는 사람 같았다.

「이제 보니 반장님은 사람 놀라게 하는 재주가 있으시군요! 당최 무슨 말씀을 하시는지 모르겠습니다! 그 집 딸을 보셨을 텐데……. 백 년은 너끈히 살아 낼 것 같지 않던가요……?」

「댁의 따님도 그런가요?」

「그 애는 조금 허약한 편이죠……. 엄마를 닮았습니다. 그나저나 시가나 한 대 태우시죠…….」

싸구려 채색화 같은 데서 흔히 보는 진짜 플랑드르인이었다. 발갛게 달아오른 입술을 나불대 자기네 진이 상등품이라며 떠벌리는가 하면, 푸르스름하고 연한 눈빛으로 영혼의 순박함을 과시하는 영락없는 플랑드르인 말이다…….

「어쨌든 마르그리트 양은 사촌 오빠와 맺어지게끔 되

어 있었죠.」

박사의 안색이 살짝 어두워졌다.

「곧 그렇게 될 예정이었죠! 이런 공교로운 사태만 아니었으면…….」

그에게 이번 사건은 〈공교로운 사태〉에 지나지 않았다!

「아이를 위해 소정의 양육비를 지원받고, 가능한 한 도시를 옮기는 게 그나마 최선책이라는 걸 깨닫지 못하다니……. 제 생각에는 그 여자 오빠가 특히 악의적인 것 같더군요…….」

천만의 말씀! 그 친구를 나쁘게 볼 순 없는 것이었다. 워낙 솔직한 젊은이 아닌가! 솔직하다 못해 순진하지 않던가!

「아이가 조제프의 자식이라는 증거가 전혀 없다는 점을 차치하고라도…… 엄마와 함께 결핵 요양원에서 지내는 것이 아이한테 훨씬 나았을걸 말입니다…….」

「그럼, 댁의 따님은 여전히…….」

판 데 베이르트가 씩 웃으며 대꾸했다.

「열넷인가 열다섯 살 때부터 그 애를 좋아했지요……. 잘생겼지 않습니까? 제 입장에서 반대를 해야 했을까요? ……혹시 불 가지고 계십니까? 제 의견을 말해 볼까요? 솔직히 이건 뭐 대단한 사건이랄 것도 없습니다. 애당초 행실이 헤픈 여자가 오다가다 새 남자 친구 만나는 거야 이상할 것 없는 일이고…… 오빠라는 사람이 그걸 이용해 돈푼이나 만져 보려고 했던 거니까요…….」

박사는 매그레의 의견은 묻지도 않았다. 자기 의견이 적합하다는 것을 확신하고 있었다. 그는 손님들이 초조하게 기다리고 있을 대기실 쪽에서 무슨 소리가 나는지 귀를 기울이고 있었다.

반장은 상대 못지않게 태연한 눈빛으로 마지막 질문을 조용히 내밀었다.

「마르그리트 양이 오히려 사촌 오빠의 정부일 거라는 생각은 해보지 않았습니까?」

판 데 베이르트는 금방이라도 욱하며 폭발할 것만 같았다. 이마가 붉게 변해 있었다. 무엇보다도 어처구니가 없어 서글플 정도라는 표정이 역력했다.

「마르그리트가요? ……당신 제정신이오? 누가 그런 망발을 하고 다닌답니까? 세상에, 마르그리트가…….」

어느새 문손잡이를 잡고 있는 매그레는 웃지도 않고 횡하니 나가 버렸다. 건물 전체에서 약방 냄새와 주방 냄새가 동시에 났다. 환자들에게 문을 열어 주는 하녀는 방금 더운 목욕물에서 나온 여자처럼 상큼했다.

하지만 밖으로 나서자 또다시 비와 진창이 펼쳐졌고, 트럭들이 인도로 흙탕물을 튀기며 지나다니고 있었다.

토요일이었다. 조제프 페이터르스가 오후에 도착해 일

요일 한나절을 지베에서 보낼 것이었다. 카페 데 마리니에에서는 사람들이 열띤 토론을 벌이고 있었다. 방금 국경 지대부터 마스트리히트까지 선박 운항이 재개되었다는 〈토목과〉의 발표가 있었던 것이다.

물살의 세기를 감안해 예인선들이 요구하는 것은 톤당 1킬로미터에 10프랑이 아닌 15프랑이었다. 게다가 나뮈르 교각 아치가 좌초한 석재 운반선으로 가로막혀 있다는 소식이 들려왔다. 돌을 잔뜩 실은 바지선이 밧줄을 끊고 떠내려와 기둥들 사이에 비스듬히 걸쳐진 모양이었다.

「사망자가 있답니까?」

매그레가 물었다.

「여자하고 아들이 죽었대요. 선원은 그때 술집에 있었는데, 물가로 돌아왔을 땐 배가 이미 떠내려간 뒤였답니다!」

공장 사무실에서 자전거를 타고 돌아오는 제라르 피에드뵈프가 카페 앞을 지나치고 있었다. 잠시 후 소식을 전하러 플랑드르인의 집에 갔다가 돌아온 마셰르는 피에드뵈프네 집 초인종을 눌렀고, 곧이어 조산사의 쌀쌀맞은 태도에 맞닥뜨렸다.

「당신이 저지른 강간 사건 말이야, 그 얘기 좀 들어 볼까?」

대부분의 바지선 상 숙소는 일반 가정집에선 구경하기

드물 만큼의 청결함을 갖추기 마련이다. 하지만 에투알 폴레르호의 경우는 전혀 딴판이었다.

선장에겐 아내가 없었다. 대신 수발을 드는 청년이 한 명 있었는데, 그나마 정신이 온전치 못한 데다 이따금 간질 발작을 일으키는 스무 살쯤 된 젊은이였다.

선실은 글자 그대로 병영 막사 분위기였다. 마침 선장은 1리터짜리 적포도주를 병째 마시면서 소시지와 빵을 먹느라 정신이 없었다.

그래도 평소보다는 덜 취한 모습이었다. 그는 잔뜩 경계하는 눈빛으로 매그레를 쳐다보았다. 입을 떼기로 마음먹기까지 한참이 흘렀다.

「강간이랄 것도 없고…… 그 계집과는 이미 두세 번 잔 적이 있었습니다……. 근데 하루는 저녁에 길에서 우연히 마주쳤는데, 내가 취했다면서 거부하는 겁니다. 그래서 냅다 움켜잡았더니, 무작정 비명을 질러 대는 거예요……. 마침 지나가던 군경들이 끼어들었고, 나는 그중 한 명을 주먹으로 냅다 갈겨 쓰러뜨렸죠.」

「5년 형이었다고?」

「거의 그런 셈이죠. 그년이 전에도 몇 번 잠자리를 한 걸 딱 잡아뗐거든요. 친구들이 법정에 나와서 그 사실을 증언했는데도, 반밖에 믿어 주지를 않더군요……. 그 일로 보름 동안 병원 신세를 진 군경만 아니었다면, 아마

1년만 살아도 됐을 겁니다. 어쩌면 집행 유예로 끝났을지도 모르고……」

그는 주머니칼로 빵을 자르며 덧붙였다.

「목마르지 않습니까? 아마 내일이면 떠날지도 몰라요……. 지금 나뮈르 다리를 막은 장애물이 치워졌는지 소식을 기다리고 있거든요…….」

「이제 제방에서 여자를 보았다는 헛소리는 왜 지어 댔는지 그 이유나 한번 말해 보지.」

「제가요?」

선장은 일부러 열심히 먹는 척하면서 잠시 머리를 굴렸다.

「아무것도 보지 못했다고 어서 자백하란 말이야!」

순간 상대의 눈동자에 생기가 반짝이는 걸 매그레는 놓치지 않았다.

「그렇게 생각하세요? ……그렇습니다, 물론 당신 생각이 옳아요!」

「누가 그런 증언을 하라고 시켰나?」

「저한테요?」

그러면서 계속 히죽거렸다. 반장 바로 앞에다 소시지 껍질을 툭 뱉기까지 했다.

「제라르 피에드뵈프는 어디서 만났지?」

「아, 그거…….」

하지만 그 앞에 버티고 서 있는 사내도 태연하기는 마찬가지였다.

「그가 자네한테 무언가를 주었나?」

「술값 몇 번 내주더군요…….」

그러고는 갑자기 소리 없이 웃는 것이었다.

「근데 말입니다, 실은 다 거짓말입니다! 그저 반장님 맘에 드시라고 지어낸 얘기예요……. 법정에 섰을 때 제 입에서 반대 얘기가 나오게 하려면, 신호만 보내시면 돼요…….」

「정확히 무얼 본 건가?」

「아마 말씀드려도 안 믿으실 겁니다.」

「그래도 말해!」

「좋습니다. 어떤 여자가 누굴 기다리고 있더군요. 잠시 후 한 남자가 나타났는데 여자가 곧장 그자 품으로 뛰어들었죠…….」

「그게 누구였지?」

「캄캄한데 난들 그게 누군지 어떻게 알아보겠습니까?」

「자넨 어디 있었지?」

「술집에서 나오는 길이었죠…….」

「그 두 남녀는 어디로 갔지? 플랑드르인의 집으로 갔나?」

「아뇨! 뒤로 가던데요.」

「뒤라니, 어디?」

「집 뒤로요……. 한데 그것도 사실이 아니기를 바라신 다면…… 아시다시피, 전 이제 아주 익숙해졌어요. 제가 재판 받을 때 말입니다, 사람들이 어찌나 없는 말들을 꾸며 대는지……. 심지어 변호사라는 놈도……. 그놈이야말로 세상에 둘도 없는 거짓말쟁이지…….」

「자네 혹시 플랑드르인의 가게에 가서 가끔 한잔씩 걸치고 그랬나?」

「제가요? ……거기에선 저한테 술 안 팝니다. 전에 한번 제가 저울을 주먹으로 내리쳐서 망가뜨린 적이 있거든요. 거기선 쥐 죽은 듯이 앉아 곤드레만드레 취하도록 퍼마시는 손님만을 원한다니까요.」

「제라르 피에드뵈프가 자네한테 말을 걸어왔나?」

「제가 아까 뭐라고 말씀드렸죠?」

「그가 자네한테 증언을 시켰다고…….」

「글쎄 말입니다! 까짓, 그게 사실이라고 해두죠……. 그리고 하느님만 아는 진실이 있는데, 그게 뭐냐 하면, 내가 아는 걸 절대로 당신한테는 얘기해 주지 않겠다는 겁니다. 당신뿐만 아니라 이 세상 모든 형사들은 아주 질색이거든! 판사 앞에서 지금 한 얘기 그대로 하셔도 됩니다. 나는 나대로 당신한테 얻어맞았다고 하면 되니까. 맞은 자국도 보여 줄 겁니다. 그렇다 해도 내키신다면 제가 포도주 한 잔 권해 드릴 수 있는데 말이죠…….」

바로 그때, 선장의 눈을 똑바로 쏘아보던 매그레가 갑자기 벌떡 일어나며 거칠게 내뱉었다.

「자네 배 좀 둘러보겠네!」

놀라는 걸까? 두려운 걸까? 단순한 거부감일까? 선장은 입안 가득 음식물을 우물거리면서도 분명 인상을 찌푸렸다.

「무얼 둘러보겠다는 겁니까?」

「잠깐만…….」

매그레는 밖으로 나갔다가 잠시 후 빗물로 번들거리는 우비 차림의 세관원을 한 명 대동하고 돌아왔다.

「검사는 이미 했는데요…….」

반장은 세관원을 바라보며 말했다.

「그건 으레 하는 것일 테고……. 이곳 모든 배들이 다소간 밀거래를 하는 것 같던데…….」

「다소간이 아니죠!」

「대개 물건 숨기는 데가 어딘가요?」

「배마다 다릅니다. 예전에는 방수 처리된 상자에 넣어 배 밑에 묶어 두었는데, 요즘에는 쇠사슬로 배 밑바닥을 훑어보기 때문에 더 이상 그렇게는 못 합니다. 마루 밑, 그러니까 배 밑 마루와 바닥 사이 공간에도 가끔 숨기곤 하는데, 제방에서 보셨다시피 우리가 큼직한 나사송곳으로 구멍을 몇 개 뚫어 놓아…….」

순간 매그레가 말을 끊더니 선장을 돌아보며 물었다.

「잠깐! 이 배 선적물이 어떤 거지?」

「고철이죠……」

그러자 세관원이 중얼거렸다.

「그건 너무 오래 걸리겠는걸……. 다른 곳을 뒤져야겠습니다.」

매그레는 선장에게서 한시도 눈을 떼지 않고 있었다. 혹시라도 은닉처로 눈길이 가지 않을까 은근히 기대하면서. 선장은 별 입맛도 없으면서 어떤 행동이든 해야겠기에 음식을 씹고 있는 듯했다. 겁을 먹거나 놀란 것 같지는 않았다. 그보다는, 고집스럽게 자리를 지키고 앉아 있는 태도였다.

「일어나!」

이번에는 마지못해 복종하는 기색이 역력했다.

「이젠 내 배에서 내가 앉아 있을 권리도 없단 말이오?」

선장이 앉았던 의자에는 더럽기 짝이 없는 방석이 깔려 있었는데, 매그레가 그것을 집어 들었다. 방석의 세 모서리는 정상적으로 바느질이 되어 있었다. 한데 나머지 한 곳은 다소 투박하고 굵게 실이 엮여 있어, 전문 재봉사의 솜씨가 아닌 게 분명했다.

반장은 곧장 세관원에게 말했다.

「도와주셔서 감사합니다! 이젠 돌아가셔도 좋습니다!」

「이 사람이 밀거래를 하고 있는 것 같습니까?」

「천만에요! 감사합니다…….」

반장은 세관원이 주춤주춤, 완전히 사라질 때까지 잠자코 기다렸다.

「이건 뭐지?」

「아무것도 아니올시다!」

「원래 방석 안에다 단단한 물건들을 넣어 두는 버릇이라도 있는 건가?」

바느질한 부위를 뜯어내자 검은 물체가 보였다. 곧이어 꼬깃꼬깃하게 구겨져 있는 검은색 서지 망토가 펼쳐져 나왔다.

벨기에 검찰청의 보고서에 묘사된 원피스와 똑같은 서지 옷감이었다. 이 역시 상표가 붙어 있지 않았다. 제르멘 피에드뵈프 본인의 손으로 직접 만든 옷이 분명했다.

하지만 정작 흥미로운 것은 옷이 아니었다. 하도 오래 사용해서 손잡이가 반들반들해진 망치 하나가 옷 꾸러미 깊숙이 휘감겨 있는 것이었다.

뱃사람은 대번에 으르렁댔다.

「나 이거야 원! 뭔가 크게 잘못짚으시는 거요! 난 아무 짓도 안 했다고요! 그것들은 1월 4일 꼭두새벽에 내가 뫼즈 강에서 건져 올린 거란 말입니다.」

「뿐만 아니라 이것들을 안전하게 모셔 둘 기막힌 생각

을 해냈다 이거지!」

사내는 흡족해하는 태도로 대꾸했다.

「그럼 그렇지, 슬슬 그렇게 나올 줄 알고 있었어! 그래, 날 체포할 거요?」

「그것 말고는 할 말이 없나?」

「당신 정말 크게 잘못짚는 거라는 얘기도 하고 싶소!」

「여전히 내일 떠나나?」

「나를 잡아 가두지만 않는다면, 아마 그럴 거외다.」

매그레는 꾸러미를 다시 조심스레 싸서 자기 외투 속에 챙겨 넣고는, 아무 말 하지 않고 횡하니 나가 버렸다. 그건 선장이 평생 겪어 본 가장 뜻밖의 경험이라 해도 과언이 아니었다.

둑길을 따라 빗속으로 점점 멀어져 가다가, 인사를 건네는 세관원 앞을 그대로 지나치는 매그레의 뒷모습을 사내는 멀뚱하니 바라보았다. 그는 머리를 긁적이면서 선실로 내려가자마자 술잔을 채웠다.

7
세 시간의 공백

매그레가 점심 식사를 하러 호텔로 돌아오자 지배인은 아까 우편배달부가 등기 우편을 가져왔다가 도로 가지고 가버렸다는 얘기를 해주었다.

그것은 수많은 사소한 근심거리들로 하여금 한 인간을 물고 늘어지기 위해 서로 작당하여 일어나라는 신호와도 같았다. 반장은 식탁에 자리를 잡자마자 동료 형사가 어디에 있는지 물었다. 그를 본 사람이 없었다. 그가 묵는 호텔로 전화를 걸게 했다. 돌아온 대답은 30분 전에 호텔을 나섰다는 것이었다.

심각한 용건은 아니었다. 마셰르에게 지시를 내릴 위치에 있는 것도 아니었다. 다만 에투알 폴레르호 선장에게서 눈을 떼지 않는 게 좋을 거라는 조언 정도는 해줘야겠다 싶었다.

오후 2시에, 매그레는 우체국에 직접 찾아가서 등기 우편을 수령했다. 어처구니없는 내용이었다. 실은 집에 놓을 가구 몇 점을 구입했는데, 주문에 맞지 않는 물건들이 와서 지불을 거부한 상태였다. 그런데도 가구 상인이 대금 독촉을 해온 것이었다.

앞으로 30분 내에 그에 대한 답장을 작성함과 더불어, 아내에게도 몇 가지 지침 사항을 편지로 써 보내야 할 판이었다.

한창 편지를 쓰는데, 그를 찾는 전화가 걸려 왔다. 파리 수사국장이었다. 도대체 언제 귀환할 것인지를 물으면서, 요즘 떠들썩한 두세 가지 사건에 관한 세부 정보를 추려 보내 달라는 내용이었다.

바깥에는 여전히 비가 내리고 있었다. 마루로 된 카페 바닥에는 톱밥이 이리저리 쓸렸다. 지금 시각엔 손님이 없어서, 종업원도 모처럼 짬을 내 편지를 쓰곤 했다.

한 가지 사소하지만 어이없었던 점. 대리석 테이블에서 편지 쓰는 걸 아주 질색하는 매그레지만, 마침 다른 테이블이 없다는 사실.

「가르 호텔에 전화해서 아직도 형사가 안 나타났는지 좀 알아봐 주시오!」

매그레는 왠지 기분이 안 좋았는데, 심각한 문제 때문이 아닌 만큼 더욱 짜증이 밀려왔다. 두세 번 그는 뚜벅뚜벅 걸어가 부연 유리창에 이마를 갖다 댔다. 하늘은 조금

맑아져 있었고, 빗방울도 다소 뜸해지는 중이었다. 하지만 진창으로 변한 둑길에는 인적 하나 없었다.

오후 4시경 반장의 귀에 뱃고동 소리가 들렸다. 그는 후닥닥 문으로 달려갔고, 범람이 시작된 이래 처음으로 짙은 증기를 내뿜고 있는 예인선 한 척을 보았다.

물살은 아직도 격렬했다. 바지선에 비해 너무 날렵하고 가벼운, 마치 경주용 순종마처럼 느껴지는 예인선은 기슭을 떠나자마자 글자 그대로 말이 뒷발로 일어서듯 솟구쳤고, 순간적으로 급류에 휩쓸릴 것처럼 보였다.

또다시 고동 소리가 좀 더 요란하게 울렸다. 예인선은 굳건히 버텨 나갔다. 배 뒤로 밧줄이 팽팽하게 당겨졌다. 첫 번째 거룻배 한 척이 대기 중이던 짐배들로부터 떨어져 나와 뫼즈 강을 가로지르는 동안 뱃사람 두 명이 온몸의 체중을 실어 키를 붙들고 있었다.

기껏해야 6분 정도 걸린 이 작업을 구경하기 위해 카페 문간에는 손님들이 잔뜩 몰려나와 있었다. 이어서 바지선 두세 척이 격전의 현장으로 뛰어들어 곧장 반원을 그렸다. 자부심 가득한 뱃고동 소리와 더불어 예인선의 선수가 벨기에를 향해 나아가기 시작했고, 거룻배들이 그런대로 일직선을 유지하려 애쓰면서 그 뒤를 따랐다.

에투알 폴레르호는 이 대열에 합류하지 않고 있었다.

……그러니까 리샤르르누아르 가에 위치한 저희 집에서 가구들을 다시 가져가 주셨으면 합니다…….

매그레는 종이에 꾹꾹 눌러쓰는 펜대에 비해 손가락이 너무 굵어서 그런 것처럼, 지나치게 천천히 편지를 써 내려갔다. 손 크기와는 대조적으로 작고 통통한 글씨체가 마치 한 줄의 잉크 얼룩처럼 이어져 나가고 있었다.

「페이터르스 씨가 오토바이를 타고 지나가시네요…….」

종업원이 램프들에 불을 붙이고 유리창 커튼을 열며 말했다.

오후 4시 반.

「이런 날씨에 2백 킬로미터를 달리는 건 웬만한 배포로는 힘들 텐데 말입니다! 온몸이 흙탕물투성이네요!」

「알베르! 전화 좀 받아!」

지배인이 버럭 외쳤다.

매그레는 편지에 서명을 하고 봉투를 붙였다.

「반장님, 파리에서 온 전화입니다!」

「여보세요! 여보세요! ……응, 나요…….」

매그레는 침울한 기분을 드러내지 않으려고 애썼다. 아내로부터 걸려 온 전화인데, 언제쯤 돌아오는지를 묻고 있었다.

「여보세요……. 가구 때문에 사람이 왔다 갔어요.」

「알아요! 필요한 조치는 취해 놓았어.」

「당신 영국인 동료한테 편지가 왔고요.」

「그래, 여보! 그건 별로 중요하지 않고…….」

「거기 추워요? 옷 잘 챙겨 입어요. 당신 감기 아직 완전히 나은 게 아니라고요…….」

순간, 거의 고통스러울 정도로 짜증이 밀려든 이유는 대체 무얼까? 뭔가 어렴풋한 느낌. 이렇게 전화통을 붙들고 시간을 낭비하다가는 무언가 중요한 일을 망칠 것만 같았다.

「사나흘 내에 파리로 돌아갈 거요.」

「그렇게나요?」

「응……. 잘 있어요. 끊어…….」

매그레는 우체통이 근처 어디에 있는지 물었다.

「길모퉁이 담배 가게에 있습니다.」

어느새 어둠이 깔려 있었다. 뫼즈 강 수면 위로는 가로등에서 반사된 불빛만이 보였다. 문득 나무에 바짝 붙어 서 있는 어떤 실루엣이 반장의 눈살을 찌푸리게 했다. 이처럼 비바람 몰아치는 날씨 속에 밖에 나와 서 있을 만한 시간이 아니었던 것이다.

매그레는 우체통에 편지를 던져 넣은 뒤 곧장 돌아섰다. 그와 동시에 나무에서 떨어져 나오는 실루엣이 그의 눈에 들어왔다. 반장이 걸음을 떼자 그 역시 따라 걷기 시작했다.

사태는 순식간에 벌어졌다! 뒤로 돌아 몇 발짝 내달린 끝에, 매그레는 낯선 사내의 멱살을 어렵지 않게 낚아챌 수 있었다.

「뭐하는 놈이냐?」

움켜쥔 손에 힘이 들어가자 사내의 얼굴이 벌겋게 충혈되었다. 매그레는 손을 살짝 풀어 주면서 소리쳤다.

「말해!」

무언가 알 수 없는 느낌에 매그레는 섬뜩했다. 초점을 흐리는 상대의 눈빛이, 부자연스럽게 어른대는 입가의 미소만큼이나 보는 이를 불편하게 만들고 있었다.

「혹시 에투알 폴레르호에서 일하는 조수 아닌가?」

상대는 반가운 듯 고개를 끄덕였다.

「나를 미행했나?」

지나치게 길쭉한 얼굴에선 두려움과 기쁨이 동시에 읽혔다. 다소 정신이 박약하며 간질 발작을 일으키는 친구라고 선장이 얘기하지 않았던가!

「웃지 마! 여기서 무얼 하고 있는 건지나 말해……」

「당신을 바라보고 있었죠……」

「자네 주인이 나를 감시하라고 시켰나?」

스무 살 한창인 나이이기에 더더욱 딱한 이 가여운 젊은이를 도저히 더 이상은 거칠게 대할 수가 없었다. 면도를 하지 않았는데도, 듬성듬성한 턱수염은 1센티미터도 되지 않는 가느다란 금빛 터럭 몇 올이 전부였다. 입은 보통 사람보다 두 배는 더 컸다.

「때리지 마세요……」

「따라와!」

바지선 몇 척의 위치가 이미 바뀌어 있었다. 다들 운행 채비를 갖추느라, 몇 주 만에 처음으로 활기가 몰아쳤다. 여자들은 장을 보러 가고, 세관원들은 이 배 저 배에 오르며 순찰을 돌고 있었다.

배들이 잇달아 출발하는 가운데, 에투알 폴레르호는 따로 동떨어진 채 뱃머리가 제방에서 약간 떨어져 있었다. 선실에선 불빛이 새어 나오고 있었다.

「앞서라!」

극히 불안정하고 약한 나무판자 하나로 이루어진 선교를 건너가야 했다.

석유등에 불만 켜져 있을 뿐 배엔 아무도 없었다.

「자네 주인이 입는 외출복은 모두 어디에 정돈해 두지?」

매그레는 엄청나게 어질러져 있을 것으로 생각했다.

청년은 붙박이장을 열어 보더니 깜짝 놀라는 눈치였다. 아침까지만 해도 선장이 입고 있던 옷가지들이 바닥에 팽개쳐져 있는 것이었다.

「돈은 어디에 두나?」

그건 또 무슨 소리냐는 표정이었다. 백치는 모르고 있었다! 돈이 감춰져 있었던 것이다!

「알겠어! 자넨 여기 남아도 좋아.」

고개를 숙인 채 배에서 내리던 매그레가 세관원과 맞닥뜨렸다.

「혹시 에투알 폴레르호 선장을 보지 못했습니까?」

「아뇨! 배에 없습니까? 내일 일찍 떠나는 걸로 알고 있었는데……..」

「배는 그 사람 소유입니까?」

「천만에요! 실제 주인은 플레말에 사는 그의 사촌이랍니다. 그 못지않은 꼴통이라고 하더군요……..」

「그자가 배를 몰면서 어느 정도 벌 수 있을까요?」

「매달 6백 프랑 정도요? 밀거래를 하면 조금 더 낫겠죠……. 하지만 많이는 못 벌 겁니다.」

플랑드르인의 집은 환히 불 밝혀져 있었다. 가게 창문뿐만 아니라 2층까지 환했다.

잠시 후 잡화점 출입문 종소리가 울렸다. 매그레는 문앞 깔개에 구두를 문지르면서, 이미 주방에서 달려 나오는 페이터르스 부인에게 외치고 있었다.

「나오실 필요 없습니다!」

식당으로 들어서면서 맨 처음 반장의 눈에 띈 사람은

악보를 이리저리 넘기고 있던 마르그리트 판 데 베르트였다.

하늘색 새틴 원피스 차림의 그녀는 다른 어느 때보다 더 산만하고 가볍게 보였다. 반장을 본 그녀의 얼굴에 반갑게 맞이하는 미소가 피어났다.

「조제프를 보러 오셨나요?」

「여기 없습니까?」

「옷 갈아입으러 올라갔어요. 이런 날씨에 오토바이를 타고 달리다니 정신 나갔죠! 워낙 몸도 허약한 편인 데다 공부하느라 무리한 상태일 텐데……」

사랑이라기보다는, 거의 받들어 모시는 분위기였다! 그야말로 조제프를 가만히 쳐다만 보면서 몇 시간이고 꼼짝하지 않을 수도 있을 만한 여자였다!

도대체 그의 어떤 점이 여자 마음에 그와 같은 감정을 불어넣은 것일까? 누나까지도 동생에 대해 비슷한 식으로 말하지 않던가!

「안나도 같이 있나요?」

「네, 옷을 챙겨 주고 있어요.」

「당신은 여기 온 지 한참 됐습니까?」

「한 시간쯤요.」

「조제프 페이터르스가 올 걸 알고 있었나요?」

순간 살짝 당황하는 빛이 스쳤다. 여자는 곧바로 대답

했다.

「매주 토요일 같은 시각에 오거든요.」

「집에 전화가 있습니까?」

「여기는 없어요! 저희 집에는 당연히 있고요! 아버지가 늘 필요로 하거든요.」

왠지 모르지만, 매그레는 이 아가씨에 대해 거부감을 느끼기 시작했다. 보다 정확히 말하자면, 짜증이 났다! 어딘지 어린애 같은 태도, 일부러 애들처럼 말하는 버릇이랄지, 순진하게 보이고 싶어 하는 눈빛이 맘에 안 들었다.

「어머나, 내려오나 봐요……」

정말로 계단을 내려오는 발소리가 들렸다. 조제프 페이터르스는 깔끔하고 깨끗한 모습으로 식당에 들어섰다. 젖은 빗으로 가다듬은 흔적이 고스란히 머릿결에 남아 있었다.

「여기 계셨군요, 반장님……」

손 내밀어 악수를 청할 엄두는 나지 않는 모양이었다. 그는 마르그리트를 돌아보며 말했다.

「아직 아무 대접도 안 해드린 거야?」

가게 안에서는 몇몇 사람들이 플라망어로 이야기를 하고 있었다. 뒤이어 안나도 편안한 얼굴로 내려와, 수녀원에서나 가르쳤을 법한 방법으로 다소곳이 인사했다.

「그나저나 어제저녁 시내 카페에서 한차례 소동이 있

었다던데 사실인가요? 사람들이 워낙 부풀려 말한다는 건 압니다만……. 일단 앉으시죠! ……조제프! 가서 마실 것 좀 가져오지 그러니…….」

벽난로에는 조개탄이 타고 있었다. 피아노 뚜껑은 열려 있었다.

매그레는 이곳에 들어서자마자 느꼈던 인상을 명확히 규정해 보려고 애썼지만, 거의 손에 잡힐 듯 말 듯 하다가는 금세 생각이 비껴가고 마는 것이었다.

분명 무언가 변한 것 같긴 한데, 그게 무언지 알 수가 없었다…….

기분이 착잡했다. 특유의 굳은 표정에는, 운수 사나운 날들로 인한 짜증이 잔뜩 새겨져 있었다. 주위를 은근히 싸고도는 이 모든 정돈된 분위기를 깨트릴 수만 있다면 어떤 몰상식한 행동이라도 저지르고 싶은 심정이었다.

이 같은 혼란스러운 감정을 누구보다 강하게 불러일으키는 장본인은 바로 안나였다. 그녀는 여전히 똑같은 회색 원피스를 입음으로써, 꿈쩍도 하지 않을 석상 같은 모습을 견지하고 있었다.

사태가 그녀에게 불리한 방향으로 흐르고 있기는 한 건가? 몸을 움직여도, 그로 인해 흐트러지는 옷 주름 하나 없었다. 얼굴은 늘 고요한 상태 그대로였다.

뭐랄까, 국경 지대 작은 도시의 치졸한 일상에 떨어져

길을 잃고 만 고대 비극의 여주인공을 생각나게 했다.

「당신이 점포에 직접 나가 일을 보기도 합니까?」

매그레는 감히 〈가게〉라고 말할 엄두가 나지 않았다.

「그럼요! 때때로 엄마와 교대한답니다.」

「술도 따르나요?」

여자는 웃지 않았다. 그런 질문 자체가 의외라는 표정을 지을 뿐.

「왜 아니겠어요?」

「뱃사람들이 만취할 때도 있지 않습니까? 그럼 무척 친한 척하거나, 심지어 대담하게 굴 때도 있을 텐데요?」

「여기선 그렇지 않아요!」

또다시 석상 같은 태도였다! 자기 확신으로 똘똘 뭉친 모습!

「포도주를 드시겠어요, 아니면······?」

「일전에 주셨던 스키담으로 한 잔 하겠습니다.」

「조제프, 엄마한테 가서 비외 시스템 한 병 달라고 해라.」

조제프는 즉각 움직였다.

매그레는 지금껏 생각해 온 이 가족의 서열을 수정해야 하는 것 아닌가 당혹스러웠다. 가족 내 진정한 절대자인 조제프가 맨 우선이고, 다음이 안나, 그 다음이 마리아이고, 잡화점 일을 도맡는 사람은 페이터르스 부인이 아니었나! 그런 다음, 맨 마지막 자리는 안락의자에서 졸고 있는 아버지이고 말이다…….

한데 이제 보니 안나가 아무런 반대 없이 우두머리 자리를 차지한 것 같았다.

「뭐 새로운 것 좀 찾아내셨나요, 반장님? ……배들이 슬슬 움직이는 것 보셨죠? 리에주까지는 선박 운행이 재개된 모양이더라고요. 어쩌면 마스트리흐트까지도 가능할지 모르고……. 앞으로 이틀 후면, 이곳에서 동시에 구경할 수 있는 바지선은 서너 척에 불과할 거예요…….」

왜 저런 이야기를 하는 걸까?

「아냐, 마르그리트! 굽 달린 잔을 내와야지…….」

찬장에서 보통 유리잔을 꺼내려는 마르그리트를 향해 던진 말이었다.

비현실적인 안정 상태를 깨트리고 싶은 욕구에 여전히 시달리던 매그레는 조제프가 가게에 나가 있고, 그 사촌 여동생이 잔을 고르느라 여념이 없는 틈을 타, 안나에게 제라르 피에드뵈프의 사진을 꺼내 보여 줬다.

「이제 이 사진 얘기를 좀 꺼내야 할 것 같군요!」

매그레는 낮은 목소리로 속삭이면서 여자를 뚫어져라 바라보았다. 그렇게 해서 여자의 고요한 표정이 흔들리기를 바란 거라면, 분명 난감한 좌절에 또다시 직면했을 터였다. 여자는 그저 둘이서만 통할 눈짓을 지어 보일 뿐, 크게 동요하는 기색이 아니었다. 마치 〈그러죠…… 나중에요……〉라고 말하는 듯한 눈짓…….

그러고는 이제 막 들어서는 남동생을 보며 말했다.

「아직도 사람 많니?」

「다섯 명이야.」

즉각적으로 섬세한 분위기 변화를 읽어 내는 안나의 능력이 발휘되는 순간이었다. 조제프가 가지고 온 병에는 술을 흘리지 않고 따르기 위한 가느다란 금속 주둥이가 부착되어 있었다.

잔에 술을 따르기 전, 안나는 그 금속 주둥이를 떼어 버렸다. 가정집 거실, 귀한 손님과 함께하는 자리에선 그 같은 상업적 장치가 어울리지 않는다는 일종의 의사 표시였다.

매그레는 손바닥으로 감싸듯 쥐고서 잠시 잔을 데웠다.

「위하여!」

「위하여!」

매그레를 상대로 유일하게 잔을 기울일 조제프 페이터르스가 맞장구를 쳤다.

「이제 우리는 제르멘 피에드뵈프가 살해당했다는 증거를 가지고 있습니다!」

순간 마르그리트만이 기겁하는 외마디 비명을 살짝 내뱉었다. 극장에서 흔히 들리곤 하는, 젊은 여자 특유의 가녀린 비명이었다.

「끔찍해라!」

안나의 반응은 이랬다.

「사람들이 그런 말을 하긴 했지만 전 믿고 싶지 않았어요! 그럼 이제 우리 상황이 더 어렵게 되는 거 아닌가요?」

「좀 더 쉬워질 수도 있습니다! 특히 1월 3일, 당신 남동생이 지베에 있지 않았다는 사실을 내가 증명할 수만 있다면 말이죠.」

「그건 왜죠?」

「왜냐면 제르멘 피에드뵈프가 망치로 맞아서 죽었거든요.」

「어머나 세상에……! 그만하세요!」

마르그리트가 하얗게 질려 금방이라도 혼절할 것 같은 얼굴로 벌떡 일어섰다.

「바로 그 망치가 지금 내 호주머니 속에 있습니다.」

「안 돼요! 제발 부탁입니다……. 보여 주지 마세요.」

하지만 안나는 침착한 모습이었다. 그녀는 남동생에게 물었다.

「네 친구는 돌아왔니?」

「어제요.」

그러고는 반장에게 설명을 해주었다.

「3일 날 낭시의 어느 카페에서 재가 그 친구와 저녁 시간을 함께 보냈답니다……. 한 열흘 전쯤 그 애 어머니가 돌아가셔서 곧장 마르세유로 갔다가 이제 막 돌아온 모양이에요…….」

「위하여!」

매그레는 잔을 후딱 비우는 걸로 대답을 대신했다.

그는 병을 기울여 스스로 다시 잔을 채웠다. 이따금 출입문 종이 울렸다. 가끔 종이봉투에 설탕을 담는 주걱 소리라든지, 저울 소리가 들리기도 했다.

「언니는 좀 나아졌나요?」

「월요일이나 화요일쯤엔 일어설 수 있을 거라 하네요. 그래도 한참 동안은 집에 못 돌아올 겁니다.」

「결혼도 해야죠?」

「아뇨. 수녀가 되고 싶어 해요. 언니가 오래전부터 보듬어 오는 생각이랍니다.」

그때였다. 문득 가게 안에서 무슨 일이 벌어지고 있다는 매그레의 이 느낌은 어디서 연유한 것일까? 가끔씩 들려오는 아까와 똑같은 소리들이 조금은 더 작아진 것 같았다. 단, 그 직후, 프랑스어로 이야기하는 페이터르스 부인의 목소리가 들리기 시작했다.

「다들 거실에 있을 겁니다…….」

문들이 열렸다 닫히는 소리가 연속해서 들려왔다. 마침내 문 앞에 나타난 마셰르 형사, 무척 흥분한 상태였다. 그 가운데 진정하려고 무진 애를 쓰면서, 진을 앞에 두고 앉아 있는 반장을 빤히 바라보았다.

「무슨 일이오, 마셰르?」

「그, 그게…… 잠시 따로 얘기 좀 나눴으면 하는데요.」

「무슨 얘긴데?」

「그게…….」

그는 머뭇머뭇, 은밀하면서도 뻔한 신호를 보내며 애
쓰고 있었다.

「괜찮으니까 어서 말해 보구려.」

「선장 말입니다…….」

「다시 나타났소?」

「아뇨…… 그자가…….」

「자백이라도 한 거요?」

마셰르는 쩔쩔매고 있었다. 자기 딴에는 더없이 중요
한 일이라 은밀하게 처리하려고 왔건만, 세 사람이 보는
앞에서 공개적으로 이야기를 하라니!

「그자가 입던 저고리와 모자가 발견됐습니다…….」

「옛날 거요 새 거요?」

「무슨 말씀인지…….」

「발견됐다는 옷이 파란색 외출복이오?」

「네, 파란색……. 제방에서 찾았습니다…….」

모두 조용했다. 안나는 똑바로 서서 표정 하나 흐트러
지지 않은 채 형사를 뚫어져라 바라보고 있었다. 조제프

페이터르스는 초조하게 양손을 문지르고 있었다.

「계속해 보시오!」

「아무래도 뫼즈 강에 투신한 것 같습니다……. 모자는 뒤에 정박해 있던 바지선 근처에서 건져 올렸어요……. 배에 막혀 떠내려가지 않고 있었던 것 같습니다…….」

「그리고 또?」

「웃옷은 둑에 걸쳐 있었는데…… 거기 이 쪽지가 핀으로 꽂혀 있었습니다.」

형사는 지갑에서 문제의 쪽지를 조심스럽게 꺼냈다. 비에 흠뻑 젖어 뭉그러진 종이쪽지였다. 간신히 판독 가능한 글자는 이 정도였다.

나는 파렴치한이다. 차라리 나는 강이 더 좋아서…….

매그레가 나직한 소리로 읽자, 조제프 페이터르스가 떨리는 음성으로 물었다.

「모르겠군요…… 무슨 얘기를 하는 걸까요……?」

마셰르는 어찌할 줄을 모른 채 멍하니 서 있었다. 마르그리트는 무표정한 눈을 크게 뜨고서 사람들을 두리번거리고 있었다.

「제 생각에는 당신이…….」

형사가 막 입을 열려는 찰나, 온화하면서 품위 넘치는

미소를 지으며 매그레가 일어섰다. 그는 보다 분명하게 안나를 향해 말했다.

「자, 이제 아시겠죠······. 아까 망치에 대해 말씀드렸지 않습니까······.」

「그만하세요!」

마르그리트가 애원했다.

「내일 오후에 무얼 하실 거죠?」

「일요일이 다 똑같죠 뭐······. 우린 가족과 함께 지낼 겁니다. 마리아만 빼고요······.」

「그럼, 저도 끼워 주실 수 없겠습니까? 그 맛있는 파이를 좀 맛볼 수 있을까요?」

말을 마친 매그레는 복도 쪽으로 뚜벅뚜벅 걸어가, 빗물을 먹어 두 배는 더 묵직해진 외투를 걸쳤다.

「죄송합니다만······. 실은 반장님이······.」

더듬더듬 무슨 말인가 하려는 마셰르 형사······.

「갑시다!」

가게에선 페이터르스 부인이 제일 높은 상자에 넣어 둔 녹말 봉지를 꺼내기 위해 사다리에 올라가 있었다. 밑에선 어느 뱃사람의 아낙이 장바구니를 들고 침울한 표정으로 기다리는 중이었다.

8
수녀원 방문

　모자를 건진 지점 근처에 사람들이 조금 몰려 있었지만, 반장은 마셰르를 데리고 곧장 다리 쪽으로 걸어갔다.

　「그 망치 얘기는 제게 안 해주셨잖습니까……. 그렇지 않았다면 분명…….」

　「하루 종일 뭐하고 있었던 거요?」

　형사는 곧바로 잘못하다 들킨 초등학생 같은 표정이 되었다.

　「나뮈르에 갔다 왔죠……. 마리아 페이터르스의 부상 정도를 확인해 봐야겠다 생각했거든요.」

　「그래서?」

　「아예 들여보내 주지를 않더군요. 사람을 마치 수프에 빠진 풍뎅이처럼 바라보는 수녀들 앞에서 멀뚱하니 있다가 오는 길입니다…….」

　「강하게 밀어붙이긴 해본 거요?」

「협박까지 해본걸요!」

매그레는 억지로 웃음을 참고 있었다. 다리 근처에는 자동차를 빌려 주는 차고가 있었는데, 매그레는 곧장 그리로 걸어 들어가 나뮈르로 데려다 줄 운전기사와 자동차 한 대를 빌렸다.

뫼즈 강을 따라 가는 데 50킬로미터, 오는 데 50킬로미터였다.

「같이 가겠소?」

「가시게요? 아마 거기서 받아들이지 않을 텐데요…….
게다가 이제는 망치도 찾았겠다…….」

「좋소! 그럼 다른 일을 해봐요. 마찬가지로 차를 사용해서. 여기서 반경 20킬로미터 내의 모든 기차역을 조사해 보시오. 그래서 에투알 폴레르호 선장이 기차를 잡아 탔는지를 확인해요.」

마침내 차가 출발했다. 반장은 좌석에 몸을 파묻고 만족스럽게 파이프를 피워 댔다. 자동차가 지나가는 양옆으로 반짝이는 불빛들만 그의 눈에 들어왔다.

마리아 페이터르스가 성녀 우르술라 수녀회의 기숙 학교 교사로 일하고 있다는 것을 매그레는 알고 있었다. 아울러 우르술라 수녀회란 서열상 예수회와 동급이라는 것, 즉 일종의 엘리트 교육 집단을 구성하고 있다는 사실 또한 알고 있었다. 나뮈르의 기숙 학교에 그 지역 모든 상위층 인사들이 줄지어 방문하는 것은 당연했다.

그러니 그곳의 쟁쟁한 수녀들을 상대로 마셰르 형사가 들어가겠다며 입씨름을 벌이고, 그것도 모자라 협박까지 가했다는 것은 상상만 해도 포복절도할 일이었다!

매그레는 문득 이런 생각까지 드는 것이었다.

〈그러고 보니 이 친구가 그곳 수녀들을 뭐라고 불렀는지가 궁금해지는군……. 혹시 여사님이라고 부르지는 않았나 몰라……. 어쩌면 자매님이라고 불렀을지도 모르지…….〉

매그레는 원래 떡 벌어진 어깨에 육중한 체구, 굵직굵직한 생김새를 자랑하는 사내였다. 그럼에도 포석 틈새로 잡초가 돋아난 시골의 작은 도로변, 수녀원의 출입문 초인종을 눌렀을 때 곧바로 문을 열어 주는 보조 수녀의 표정엔 위축되거나 놀라는 기색이 전혀 없었다.

「수녀원장님을 뵙고 싶습니다.」

「지금 소성당에 계십니다. 성체 강복식이 끝나면…….」

매그레는 면회실로 안내되었다. 그곳에 비하면 페이터르스네 거실 겸 식당은 어질러짐과 불결함 그 자체였다. 정말이지 마룻바닥에 얼굴을 거울 보듯 비춰 볼 수 있을 정도였다. 아무리 사소한 물건도 지금 있는 위치에서 옮길 수 없고, 의자들은 오랜 세월 똑같은 자리를 지키고 있으며, 맨틀피스 위의 추시계는 지금껏 단 한 번도 멈춘 적없이, 단 1초도 느리거나 빠르지 않게 움직이는 것 같았다.

화려한 타일로 단장된 복도를 통해 미끄러지듯 이동하는 발소리와 이따금 속닥거리는 목소리. 그리고 멀리, 무척이나 그윽하게 울려오는 파이프 오르간 소리…….

이런 곳에서 더없이 편안하게 처신하는 매그레의 지금 모습을 만약 경찰청 식구들이 본다면 분명 놀라고 말 것이었다. 원장 수녀가 들어오자 그는 우르술라 수녀회에 합당한 경어를 동원해 조신한 인사를 건넸다.

「처음 뵙겠습니다, 원장 수녀님…….」

원장 수녀는 소매 속에 두 손을 넣은 그대로 잠자코 기다렸다.

「귀찮게 해 죄송합니다만, 이곳 교사 중 한 분과의 면담을 허락해 주시길 청합니다. 물론 규칙에 반하는 일이라는 건 알고 있습니다……. 그럼에도 불구하고 누군가의 자유, 아니 인생 전체가 걸린 사안이라…….」

「선생님도 경찰인가요?」

「실은 저보다 먼저 형사 한 명이 찾아온 걸로 알고 있습니다…….」

「어떤 남자가 자신이 경찰이라면서 소란을 피웠죠. 떠날 때는 나중에 어디 두고 보자며 큰소리를 치더군요…….」

매그레는 우선 그 일부터 사과했는데, 어디까지나 공손하면서 침착한 태도를 잃지 않았다. 그는 요령 있게 몇 마디 말을 구사했고, 잠시 후 보조 수녀 한 명이 마리아 페이터르스에게 기별을 하러 갔다.

「장점이 많은 아가씨라고 생각하는데, 원장 수녀님께선 어떻게 보시는지요?」

「페이터르스 선생님에 대해서는 저 역시 좋은 점밖에 할 이야기가 없지요. 처음에는 저나 부속 신부님이나, 그분을 선생님으로 받아들이기가 망설여졌던 게 사실입니다. 그분 부모님이 하시는 장사 때문이죠……. 잡화점이 문제가 아니라…… 거기서 술을 판다는 사실 말입니다. 결국엔 그 문제를 개의치 않기로 결정했는데, 지금 와서 보면 그러길 참 잘했다는 생각뿐이죠……. 어제 계단을 내려가다가 그만 발목을 접질렸다지요. 그때부터 계속 침대에 누워 계신답니다. 우리 모두에게 심려를 끼쳤다면서 얼마나 낙담하고 계신지 몰라요…….」

보조 수녀가 돌아왔다. 그를 따라 매그레는 끝없이 이어진 복도를 걸어갔다. 중간에 똑같은 복장을 한 학생들과 몇 차례 마주쳤는데, 하나같이 검정 주름치마를 입고 파란 실크 리본을 목에 두르고 있었다.

마침내 3층에 이르러 보조 수녀가 어느 문 하나를 열었다. 자리를 피해 줘야 할지, 그대로 지켜 서 있어야 할지 망설이는 눈치였다. 매그레가 말했다.

「저희끼리 할 얘기가 있는데요, 수녀님…….」

지극히 소박하고 작은 방이었다. 페인트칠이 된 벽에는 종교적 내용의 석판화가 검은 액자에 담겨 큼직한 십자가상과 함께 걸려 있었다.

철제 침대. 담요를 푹 뒤집어쓴, 겨우 분간할 수 있을 정도의 깡마른 형체.

얼굴이 보이지 않았다. 매그레는 아무 말도 건네지 않았다. 문이 다시 닫혔고, 그는 한참을 그렇게 꼼짝 않고 서 있었다. 흠뻑 젖은 모자와 두꺼운 외투가 거추장스러웠다.

흐느끼는 소리가 들렸다. 마리아 페이터르스는 여전히 담요를 머리 꼭대기까지 뒤집어쓴 채 벽 쪽으로 돌아누워 있었다.

매그레는 저도 모르게 중얼거렸다.

「진정해요……. 안나가 말했을 텐데, 나는 같은 편이라고…….」

하지만 그런 말도 여자를 진정시키지는 못했다. 오히려 그 반대였다! 이제는 그녀의 몸 전체가 신경질적인 경련으로 심하게 흔들리기까지 했다.

「의사가 뭐라고 했습니까? ……오랫동안 누워 있어야 한답니까?」

사람을 제대로 보지도 않으면서 계속 말을 하자니 여간 어색한 게 아니었다. 더군다나 매그레는 아직 그녀 얼굴을 본 적도 없지 않은가!

흐느끼는 소리가 점점 뜸해졌다. 슬슬 진정되는 것 같았다. 코를 훌쩍거리는가 싶더니, 어느새 손 하나가 베개 아래를 꼼지락거리며 손수건을 찾고 있었다.

「왜 그렇게 힘들어합니까? 원장 수녀님이 방금 전까지 당신에 대해 얼마나 좋은 이야기를 해주었는데!」

순간 여자가 애원하듯 내뱉었다.

「날 좀 내버려 두세요!」

그때였다. 노크 소리가 들렸고, 마치 개입할 시점을 기다렸다는 듯 원장 수녀가 불쑥 들어왔다.

「실례합니다! 우리 가여운 마리아 선생님이 워낙 예민해서요…….」

「늘 이랬습니까?」

「민감한 성격이랍니다……. 염좌 때문에 움직일 수 없고, 최소한 일주일은 수업을 못 할 걸 안 뒤부터, 저렇게 절망을 하고 있어요. ……마리아, 어서 얼굴을 보여 봐요.」

여자는 격하게 고개를 저어 거부 의사를 표했다.

원장 수녀가 계속해서 얘기를 이어 갔다.

「사람들이 마리아 선생님 가족을 어떻게 모함하고 있는지 우리도 물론 잘 알고 있어요. 어서 빨리 진실이 밝혀지기를 기원하며 세 차례나 미사 봉헌을 드리기도 했고요……. 방금 전까지도 당신의 평안을 위해 기도를 올리고 왔답니다, 마리아…….」

마침내 여자가 얼굴을 드러냈다. 비쩍 마르고 창백한 작은 얼굴이 신열로 인한 붉은 반점과 눈물 자국으로 엉망이었다.

생김새는 전혀 안나를 닮지 않았고 차라리 엄마의 섬세한 윤곽선을 빼다 박았는데, 불행히도 다소 균형이 맞지 않아 미인으로 불리기엔 힘들어 보였다. 코는 너무 길고 뾰족했으며, 입도 너무 크고 입술이 얇았다.

그녀는 눈에 손수건을 갖다 대며 말했다.

「죄송합니다……. 제가 너무 예민해서요……. 이렇게 속절없이 누워만 있다 보니…… 매그레 반장님이시죠? ……제 동생을 만나 보셨나요?」

「만나고 온 지 한 시간도 안 됩니다. 지금 안나와 사촌 마르그리트와 함께 집에 있지요.」

「어떻던가요?」

「아주 침착하더군요. 자신감도 있고요…….」

또 울음을 터뜨리려는가 싶었다. 원장 수녀는 매그레에게 괜찮다고 눈짓을 보냈다. 형사라는 사람이 의외로 차분하면서 환자 마음을 편하게 해주는 태도로 이야기하는 걸 보자 흡족한 모양이었다.

「안나가 그러던데, 수녀가 되기로 했다고요…….」

마리아는 결국 다시 울기 시작했다. 이제는 그걸 숨기

려고도 하지 않았다. 전혀 예뻐 보이려는 욕심이 없었고, 눈물로 젖어 부어오른 얼굴을 그대로 드러냈다.

원장 수녀가 중얼거렸다.

「우리도 오랫동안 기다려 온 결정이지요……. 사실 마리아는 속세보다 종교에 더 어울리는 심성을 가지고 있답니다…….」

또다시 경련이 일어나고 있었다. 앙상한 목이 들썩거리면서 고통스런 흐느낌이 다시금 터져 나왔다. 두 손 가득 담요 자락을 움켜쥐면서, 몸을 부들부들 떨었다.

「보세요, 아까 말씀드린 그 손님을 들이지 않은 게 얼마나 잘한 일인지 모릅니다!」

수녀가 낮은 목소리로 말했다.

매그레는 그러지 않아도 통통한 몸집을 더욱 두드러지게 만드는 외투 차림으로 우두커니 서 있었다. 그는 눈앞의 작은 침대와 제정신이 아닌 젊은 여자를 지그시 지켜보고 있었다.

「의사가 보았습니까?」

「네……. 염좌 자체는 별로 심하지 않다고 했어요. 문제는 그다음에 나타난 신경 발작인데…… 저기, 잠시 나가서 이야기할까요? ……좀 쉬어요, 마리아……. 쥘리엔 수녀더러 와서 함께 있으라고 할게요.」

문 쪽으로 뒷걸음치는 매그레의 시야에, 새하얀 침대

시트와 베개 위로 머리카락을 잔뜩 헝클어뜨린 채 그를 응시하고 있는 여자의 눈빛이 고스란히 들어왔다.

복도로 나오자 원장 수녀는 광택 나는 마루 위를 미끄러지듯 걸으며 낮은 목소리로 이야기를 시작했다.

「원래부터 건강 상태가 썩 좋진 않았답니다……. 이번 사건 때문에 가뜩이나 예민한 신경에 충격이 간 거죠. 계단에서 발을 헛디딘 것도 하필 그때 경련이 일어났기 때문이고요. 자기 동생과 가족 모두를 늘 부끄러워했지요……. 몇 번 제게 그러더군요, 이번 사태가 정리되면 우리 수녀회에서 자기를 받아 주지 않을 거라고……. 시간이 지날수록 점점 더 낙담한 상태에 빠져, 천장만 바라보면서 전혀 음식을 안 먹는 거예요. 그러더니 갑자기 발작을 일으키지 뭡니까! 기운을 차리게 하려고 주사를 얼마나 맞혔는지 모릅니다…….」

두 사람은 어느새 1층까지 다 와 있었다.

「이번 사건에 대한 의견을 여쭤도 될까요, 반장님?」

「물론입니다. 근데 무어라 대답해 드려야 할지 참 난감하군요……. 솔직히 말씀드려, 저도 아는 게 전혀 없거든요. 글쎄요, 내일은 어쩌면…….」

「내일요?」

「원장 수녀님, 이제 감사의 말씀 올리고 저는 이만 가 봐야 할 것 같습니다. 앞으로 문의할 일이 있으면 전화를 드려도 되겠는지요?」

마침내 매그레는 밖으로 나왔다. 빗물 머금은 상쾌한 공기를 들이마셨다. 보도 가에 세워 둔 차가 저만치 보였다.

「지베로 갑시다!」

그는 파이프에다 기분 좋게 담배를 채워 넣었고, 거의 눕다시피 좌석에 몸을 묻었다. 디낭 근처 어느 길모퉁이를 돌자 다음과 같은 표지판이 눈에 띄었다.

로슈포르 동굴 지대…….

거리가 몇 킬로미터인지는 미처 읽을 틈이 없었다. 단지 방금 전 눈앞을 가로질러 어둠 속으로 뻗어 나간 도로로 눈길이 이끌렸을 뿐이다. 어느 화창한 일요일, 행락객으로 북적대는 열차와 그 속에 탄 두 커플. 조제프 페이터르스와 제르멘 피에드뵈프, 그리고 안나와 제라르…….

아마 더웠으리라……. 돌아오는 길에는 저마다 들에서 딴 꽃을 한 아름 품었을 테고…….

열차 좌석에 앉은 안나는 황당한 심정에 어찌할 줄 모르면서, 완전히 돌변해 버린 남자의 눈빛만을 슬금슬금 살피고 있지 않았을까?

신이 난 제라르는 낮에 벌어진 일의 심각성, 그 결정적인 의미를 전혀 깨닫지 못한 채 객쩍은 농담이나 던져

댔고…….

그녀를 다시 만나려고 시도나 했을까? 연애가 조금이라도 이어졌을까?

〈아니지! 안나는 이미 상황을 깨달았을 거야!〉

매그레는 그렇게 속으로 중얼거렸다.

〈상대의 됨됨이에 대해 그 어떤 환상도 가지지 않았을 거야! 아마 다음 날부터 그를 피해 다녔겠지…….〉

모든 걸 비밀로 묻어 둔 채, 혹시 있을지 모를 생리적 결과에 전전긍긍하면서, 세상 모든 남자를 향한 증오의 감정에 치를 떠는 안나의 모습이 머릿속에 고스란히 그려졌다.

「묵고 계신 호텔로 모셔다 드릴까요?」

벌써 지베였다. 벨기에 국경선과 카키색 제복 차림의 세관원 모습. 그리고 프랑스 국경선과 바지선들, 플랑드르인의 집, 진창이 되어 버린 둑길…….

매그레는 문득 호주머니 속의 묵직한 물체를 느끼고 흠칫 놀랐다. 손을 넣어 보고서야, 그동안 까마득히 잊고 있었던 망치 생각이 들었다.

자동차가 멈추는 소리를 들은 마셰르 형사가 카페 문턱까지 달려 나왔다. 운전기사에게 돈을 지불하는 매그레를 바라보며, 그가 물었다.

「들여보내 주던가요?」

「물론!」

「그래요? 그것 참 의외네요……. 실은 그 여자가 거기 없을 것으로 생각하고 있었거든요…….」

「거기 말고 어디 있겠소?」

「그야 모르죠……. 저는 더 이상 뭐가 뭔지 모르겠습니다. 특히 망치가 발견된 다음부터는……. 근데 방금 전에 누가 저를 찾아왔는지 아십니까?」

「선장?」

매그레는 안으로 들어가자마자 맥주 한 잔을 시키고는, 창가 구석진 자리로 가서 앉았다.

「아깝습니다! ……하긴 거의 맞혔다고 볼 수 있네요! 제라르 피에드뵈프가 왔다 갔거든요. 아까 자동차로 역들을 돌아보았는데, 역에서는 아무 단서도 건지지 못했습니다.」

「그자가 선장이 어디 숨었는지 말해 주던가요?」

「지베 역에서 4시 15분발 열차를 타는 걸 본 사람이 있다는 얘기는 해주더군요. 브뤼셀로 가는 기차죠…….」

「본 사람이 누구라던가요?」

「제라르의 친구랍니다. 그 친구를 직접 데려와 저한테 소개해 주겠다고 했어요.」

「두 분 식사 같이 차려 드릴까요?」

지배인이 다가와 물었다.

「네…… 아니…… 뭐 하여튼…….」

대충 얼버무리더니, 매그레는 맥주를 벌컥벌컥 들이
켰다.

「그게 다요?」

「이 정도면 충분하지 않나요? 역에서 보았다면, 죽은
건 아니라는 뜻인데…… 더군다나 도망 중이라는 애기일
테고……. 그 애기는 곧…….」

「옳거니!」

「저와 같은 생각이시군요!」

「이봐요, 마셰르, 난 아무 생각도 하지 않고 있소! 그냥
덥고, 춥고 그래요! 감기가 된통 걸린 것 같은데……. 그
래서 지금 식사는 건너뛰고 자러 가는 게 어떨까 생각 중
이외다……. 여기, 맥주 한 잔 더! ……아니지, 차라리 그
로그 한 잔…… 럼주 많이 타서…….」

「그나저나 정말 발목 접질린 거 맞습니까?」

매그레는 대답하지 않았다. 왠지 침울한 표정이었다.
불안한 기색이라 해도 과언이 아니었다.

「그러니까, 수사 판사가 당신한테 백지(白紙) 체포 영장
을 발부해 주었다 이거요?」

「네……. 하지만 소도시의 정서도 있고 하니, 각별히 신
중히 처리하라고 충고해 주더군요. 뭔가 결정적인 조처
에 들어가기 전, 자기한테 전화 연락을 먼저 하는 게 좋겠

다고 했습니다.」

「그래, 앞으로 어쩔 셈이오?」

「이미 브뤼셀 수사국에 전보를 쳐놓은 상태입니다. 열차에서 내리는 즉시 에투알 폴레르호 선장을 검거해 달라고요. 이쯤에서 그 망치는 제게 넘겨주십사 부탁드려야겠습니다만……」

몇몇 손님들이 경악을 하는 가운데, 반장은 호주머니에서 망치를 꺼내 대리석 테이블에 떡하니 올려놓았다.

「됐소?」

「반장님이 찾아낸 증거물이니, 나중에 제출은 직접 하셔야 할 겁니다.」

「오, 천만에! 당치 않지……. 망치야 당신이 발견한 걸로 다들 알아야지……」

순간 마셰르의 눈동자가 기쁨으로 반짝였다.

「감사합니다! 승진에 아주 긴요한 역할을 할 겁니다.」

「난롯가에 두 분 식사 차려놓았습니다.」

지배인이 알렸다.

「고마워요! 근데 나는 좀 자러 가야겠는걸……. 배는 안 고파……」

매그레는 형사와 악수를 한 뒤 자기 방으로 올라갔다.

갈아입을 정장을 가져오지 않아 지난 이틀간 축축한 옷을 그대로 입고 돌아다녔더니 아무래도 감기가 걸린 모양이었다.

그는 완전히 녹초가 된 사람처럼 나자빠졌다. 망막 위를 정신없이 지나다니는 흐릿한 이미지들과 씨름하느라 30분은 족히 뒤척였다.

그러고도 일요일 아침 호텔 투숙객 중 그가 제일 먼저 일어난 건 사실이다. 카페에 내려와 보니, 커피 기계를 켜고 빻은 커피를 채워 넣고 있는 종업원 말고는 아무도 없었다.

도시는 아직 곤히 잠들어 있었다. 밤에 뒤이은 여명이 가까스로 얼굴을 들기 시작하는 가운데, 등불들은 여전히 점등된 상태였다.

반면 강 쪽에서는 이 배에서 저 배로 사람 부르는 소리와 함께 밧줄 꾸러미가 던져졌고, 배들이 줄지은 선두에서 예인선 한 척이 움직일 채비를 하고 있었다.

하나의 새로운 선단(船團)이 벨기에와 네덜란드를 향해 출발하는 중이었다.

쏟아지던 비는 그쳤지만, 안개비의 미세한 물방울들이 어깨 위에 내려앉고 있었다.

어디선가 성당 종소리가 울리고 있었다. 플랑드르인의 집 창문 한 곳에 불이 밝혀졌다. 이어서 문이 반짝 열렸다. 조심스레 문을 닫은 페이터르스 부인은 헝겊으로 장정된 미사 경본을 손에 쥔 채 바쁜 걸음으로 집을 나섰다.

매그레는 가끔 몸을 데우기 위해 카페에 들어가 술을 한 잔 걸치는 것 빼고는, 아침 내내 밖에서 시간을 보냈다. 이제 곧 얼음이 얼 텐데, 홍수가 났던 지역에서 이는 곧 재앙을 의미할 거라고 날씨에 정통한 사람들이 주장했다.

오전 7시 반, 미사를 보고 돌아온 페이터르스 부인은 가게 덧문들을 열고 주방으로 들어가 불을 붙였다.

9시가 되어서야 조제프가 문간에 잠시 모습을 드러냈다. 셔츠엔 옷깃도 붙이지 않았고, 머리는 헝클어진 채 아직 세수도, 면도도 하지 않은 얼굴이었다.

10시가 되자 그는 베이지색 새 외투를 걸친 안나와 함께 미사를 보러 나섰다.

카페 드 라 메리에서는, 기다리는 예인선이 도착하자마자 바로 또 배들을 이끌고 출발할 수 있을지 모르겠다며 죽치고 앉은 뱃사람들이 이따금 밖으로 나와 강의 하류 쪽을 바라보곤 했다.

정오가 다 되어 가자 말끔한 외출 복장에 노란색 구두, 밝은 펠트 모자와 장갑까지 착용한 제라르 피에드뵈프가 집을 나섰다. 그는 매그레의 코앞을 지나갔다. 처음에는 말도 붙이지 않고 인사도 하지 않을 생각이었던 게 분명했다.

하지만 허세를 부리거나 속마음을 드러내고자 하는

욕구를 결국 뿌리치진 못했다.

「내 존재가 계속 걸리는 것 아닙니까? ……실컷 미워하라지!」

눈자위가 푸르스름하게 죽어 있었다. 카페 드 라 메리에서의 접전 이후, 그는 불안과 초조 속에 살고 있었다.

매그레는 그저 어깨를 한번 으쓱했을 뿐 곧장 등을 돌렸다. 그러자 이번에는 조산사가 아이를 차에 태우고 시내로 가는 광경이 눈에 들어왔다.

마셰르의 모습은 아직 보이지 않았다. 오후 1시가 조금 못 된 시각에서야 매그레는 카페 드 라 메리에서 그와 마주쳤다. 어느새 제라르도 그곳 다른 테이블을 차지하고 있었다. 전에 보았던 여자 두 명과 남자 한 명도 같이 있었다.

마셰르는 반장이 어디선가 이미 본 듯한 세 남자에게 둘러싸여 있었다.

「이쪽은 부시장님…… 경찰서장님…… 부속 서기입니다.」

반장을 본 마셰르가 차례차례 소개했다.

다들 모처럼 외출 복장을 갖춰 입고서 아니스 향이 첨가된 아페리티프를 마시는 중이었다. 각자 잔 받침이 세 개씩 쌓여 있었다. 마셰르는 과도한 자신감을 내보이고 있었다.

「이분들께 수사가 거의 끝나 가고 있다는 얘기를 하던

참이었습니다……. 이제 벨기에 경찰에 모든 게 달려 있는 상황이지요. 선장이 체포되었다는 전보가 브뤼셀에서 아직 당도하지 않는 게 좀 이상합니다만…….」

그러자 부시장이 불쑥 나섰다.

「일요일 오전 11시 이후에는 전보를 배송하지 않습니다! 직접 우체국 가서 확인해야 하죠. ……그나저나 반장님은 뭐로 하시겠습니까? ……이 지역에서도 선생님에 대한 평판이 아주 자자하다는 사실은 알고 계시겠죠?」

「그거 뿌듯한 얘기로군요!」

「제 말은 사람들이 주로 나쁘게 얘기하더라는 겁니다. 뭐랄까, 그 입장이…….」

「여기 맥주 한 잔! 차게 해서!」

「이 시간에 맥주를 드시게요?」

그 시간, 마르그리트는 거리를 활보하고 있었다. 스스로 이 지역 최고의 우아함을 뽐내면서, 모든 이의 시선을 독차지한다는 생각이 몸가짐에서 절로 배어났다.

「요즘 걱정거리는 바로 이와 같은 성범죄들이지요. 정말이지 10년 전만 해도 지베에 이런 문제는 단 한 건도 없었답니다. 한 폴란드인 노동자가 저지른 게 마지막이었는데…….」

「이만 실례하겠습니다…….」

매그레는 부리나케 밖으로 뛰쳐나갔다. 그는 의혹에

가득 찬 사람들의 시선일랑 아랑곳하지 않겠다는 듯 고개를 쳐들고 대로를 걷고 있는 안나 페이터르스와 그 남동생에게 다가갔다.

「어제 얘기한 대로 오늘 오후에 집으로 찾아갈까 합니다만……」

「몇 시쯤 오시게요?」

「3시 반……. 괜찮겠습니까?」

매그레는 혼자 시무룩한 태도로 돌아서서 호텔로 돌아왔다. 역시 혼자 테이블에 앉아 식사를 하다 말고 그가 종업원에게 말했다.

「파리로 전화 연결 좀 해주겠소?」

「일요일에는 11시 이후로 전화 연결이 안 됩니다.」

「할 수 없군!」

식사를 하는 내내 현지 신문을 읽었는데, 기사 제목 하나가 눈길을 끌었다.

오리무중에 빠진 지베 사건

그에게는 더 이상 오리무중이랄 것도 없었다.

「여기 콩 좀 주시오!」

그가 툭 내뱉었다.

9
일요일의 가족 모임

일요일의 온갖 소소한 집안 행사 중 매그레를 가장 어리둥절하게 만든 건 페이터르스 영감의 버들가지 안락의자를 주방에서 거실로 옮겨 가는 일이었다.

주중 내내 안락의자, 즉 노인의 자리는 주방의 화덕 근처였다. 식당에 손님을 들일 때도 페이터르스 씨는 모습한 번 보이는 일이 없었다.

그런데 일요일에는 안뜰로 향하는 창가에 자리가 하나마련되는 것이었다. 야생 벚나무 재질의 긴 설대를 갖춘해포석 파이프가 창틀 위 담배통 옆에 놓여 있었다.

판 데 베이르트 박사는 버들가지 안락의자보다 좀 작은 가죽 의자에 그 오동통한 다리를 꼬고 앉아 조개탄 불꽃을 마주하고 있었다.

벨기에 법의학 보고서를 읽는 내내 그는 연신 고개를 끄덕거리면서 때론 수긍하는 듯한, 때론 놀라는 듯한 자잘한 제스처를 취하고 있었다.

급기야 그가 매그레를 향해 보고서를 내밀었다. 두 사람 중간에 있던 마르그리트가 그걸 받아 쥐려 하자 박사가 말했다.

「아니…… 너 말고…….」

매그레는 문서들을 조제프 페이터르스에게 넘기며 이렇게 말했다.

「당신한테 더 흥미로울 거요!」

조제프와 마르그리트, 안나, 그리고 이따금 커피가 끓는지 살펴보려고 일어나는 어머니까지 모두들 탁자를 놓고 둘러앉아 있었다.

벨기에식으로 차려입은 박사는 시가를 피워 문 채 부르고뉴 포도주를 마시고 있었다. 그는 불똥이 맺힌 시가 끝을 턱 밑에서 이리저리 흔들어 댔다.

매그레는 주방 테이블 위에 준비된 대여섯 개의 파이를 홀끔 보았다.

「신중하게 작성된 좋은 보고서가 틀림없습니다……. 예컨대…….」

박사는 난감한 기색으로 딸의 눈치를 살폈다.

「제가 무슨 얘길 하려는지 알 겁니다. 예를 들면…….」

「강간이 저질러졌는지 언급을 안 했단 얘기죠!」

매그레가 불쑥 내뱉었다.

그렇게 적나라한 표현까지 하리라고는 생각지 못했던 박사의 화들짝 놀란 얼굴을 보며 매그레는 하마터면 웃음을 터뜨릴 뻔했다.

「실은 1911년에 비슷한 경우가 있었는데…….」

박사는 되도록 점잖고 무난한 표현을 써가면서 어떤 사건에 대해 이야기를 늘어놓았고, 매그레는 전혀 듣고 있지 않았다. 그는 보고서를 읽는 조제프 페이터르스만을 뚫어져라 쳐다보고 있었다.

보고서에는 강에서 건져 올렸을 당시 제르멘 피에드뵈프의 시신 상태에 관해 가감 없는 묘사가 담겨 있었다.

조제프의 얼굴이 창백하게 질렸다. 좁고 뾰족한 그의 코는 누나 마리아와 똑같았다.

누가 보면 당장이라도 읽기를 포기하고, 보고서를 매그레에게 돌려줄 것처럼 느껴졌다. 하지만 그러지 않았다. 그는 끝까지 다 읽을 참이었다. 어깨 너머 엿보던 안나가 종이를 넘기는 그의 손을 막았다.

「잠깐…….」

마지막 석 줄을 미처 읽지 못한 것이었다. 이렇게 시작하는 다음 페이지는 둘이서 함께 읽어 내려갔다.

……두개골에 생긴 구멍이 워낙 커서 안에는 뇌수가 전혀 남아 있지 않았으며…….

「반장님, 식탁을 차리게 잔 좀 들어 주시겠습니까?」

페이터르스 부인은 재떨이와 시가, 진 병을 맨틀피스 위에 올려놓고, 자수로 장식된 식탁보로 탁자를 덮었다.

자식들은 여전히 보고서를 읽고 있었고, 마르그리트는 부러운 듯 그들을 바라보고 있었다. 박사는 아무도 자기 얘기를 귀담아듣지 않는다는 걸 알고는 조용히 담배만 피워 댔다.

둘째 페이지 마지막에 가서 조제프 페이터르스의 얼굴이 납빛으로 변했다. 코 양옆이 움푹 들어가면서 관자놀이가 촉촉해졌다. 갑자기 멍해진 그를 대신해서 안나가 페이지를 넘겨 끝까지 읽어 나가야 했다.

이때다 싶었는지 마르그리트가 슬며시 일어나 젊은이의 어깨를 건드렸다.

「가엾은 조제프! 공연한 걸 읽어 가지고……. 잠깐 공기 좀 쐬고 와요…….」

매그레도 얼른 나섰다.

「그거 좋은 생각이오! 나도 슬슬 다리 좀 풀어 줘야겠다 싶었는데…….」

잠시 후, 두 남자는 모자도 쓰지 않은 채 둑길에 나가 있었다. 비는 더 이상 오지 않았다. 몇몇 낚시꾼들이 바지선 사이사이의 협소한 공간에서 고기를 낚고 있었다. 다리 건너에서는 영화관 벨소리가 끊임없이 들려왔다.

페이터르스는 흐르는 수면 위를 망연히 바라보다가 신경질적으로 담뱃불을 붙였다.

「혹시 충격받은 거 아니오? 이런 질문 해서 뭣하지만……이제 마르그리트와 결혼할 생각이오?」

침묵이 오래갔다. 조제프는 매그레 쪽을 돌아보지 않으려 애썼다. 그 때문에 매그레는 그의 옆얼굴만을 살필 수 있었다. 조제프는 광고가 붙은 가게 문을 한참 바라보다가, 교각과 뫼즈 강으로 천천히 시선을 돌이켰다.

「모르겠습니다……」

「그래도 당신이 사랑했으니까……」

「도대체 왜 보고서를 제게 읽힌 겁니까?」

그러고는 이마를 손으로 훔쳤다. 찬 공기에도 불구하고 손이 축축하게 젖었다.

「제르멘이 훨씬 덜 예뻤던 거요?」

「그만해요……. 모르겠습니다……. 마르그리트가 예쁘고, 지적이고, 세련되고, 반듯하게 자란 여자라는 건 신물나게 들은 얘깁니다.」

「그래서 이제는?」

「모르겠어요……」

조제프는 말하고 싶지가 않았다. 완전히 입을 다물고 있을 수만은 없어서 억지로 몇 마디 뱉어 넬 뿐이었다. 그는 담배를 싼 종이를 찢어 내버렸다.

「당신 자식이 있어도 결혼을 하겠답니까?」

「양자로 삼겠다네요.」

표정은 조금도 흔들리지 않았다. 단지 속이 무척 거북스럽든지, 기진맥진해 있는 것 같았다. 매그레를 곁눈질로 흘끔거리고 있었는데, 무슨 질문이라도 할까 봐 걱정하는 눈치였다.

「당신 집에선 금방이라도 결혼식이 있을 것으로 생각하는 것 같은데……. 마르그리트가 당신 정부인 거요?」

그는 아주 낮은 소리로 웅얼거렸다.

「그런 게 아니라…….」

「그녀가 원하지 않았던 거요?」

「그녀가 아니라…… 제가 문제입니다……. 결혼은 생각조차 해보지 않았어요. 당신은 이해할 수 없을 겁니다.」

그러고는 느닷없이 버럭 성을 내는 것이었다.

「결국 그 여자와 결혼하게 될 겁니다! 어쩔 수 없는 일이에요! 그런 거라고요!」

둘은 여전히 서로 마주 보지 않고 있었다. 외투를 입지 않고 나온 매그레는 슬슬 추위를 느끼기 시작했다.

순간 가게 문이 활짝 열렸다. 더불어 들리는 종소리는 이미 반장의 귀에도 익숙했다. 그에 뒤이은 마르그리트의 목소리는 지나칠 정도로 부드럽고, 다정했다.

「조제프! ……거기서 뭐해요?」

순간 페이터르스의 눈이 매그레와 마주쳤다. 또다시
이렇게 말하는 것 같았다.

〈그런 거라고요…….〉

마르그리트의 나긋나긋한 목소리도 계속 이어졌다.

「그러다 감기 걸리겠어요. 모두들 식탁에 앉아 기다리
고 있어요……. 무슨 일이죠? 얼굴이 창백하네…….」

잠시 말을 멈추고, 길모퉁이 쪽을 흘끔 건너다보는 마
르그리트. 거긴 잡화점에서는 잘 안 보이는 피에드뵈프
네 집이 위치한 곳이었다.

안나는 파이를 자르고 있었다.

페이터르스 부인은 마치 자신의 약점을 의식하는 사람
처럼 거의 말을 하지 않았다. 대신 자식들 중 누가 입을
열면, 고개를 끄덕이거나 활짝 웃음으로써 동의를 표하
곤 했다.

「반장님, 제가 주책없이 끼어들어서 죄송합니다만……
어쩌면 또 바보 같은 소리가 아닌지 모르겠는데요…….」

그녀는 매그레의 접시에 4등분한 큼직한 파이 조각을
얹어 놓으며 말을 이었다.

「……에투알 폴레르호에서 몇몇 물건들을 찾아냈고,
그 배 선장은 도망 중이라는 얘기를 들었습니다. 사실 그
사람 여기 몇 번 온 적이 있거든요……. 그때마다 밖으로

쫓아내야 했는데, 우선 무조건 외상을 지려고 한 데다, 아침부터 저녁까지 취해 있었기 때문에 어쩔 수 없었답니다. 근데 이런 얘기를 하려는 게 아니고…… 만약 그 사람이 지금 도망친 거라면, 죄가 있다는 얘기일 텐데……. 그렇다면 수사는 이미 끝난 거 아닌가요?」

안나는 매그레한테 눈길 한 번 주지 않고 묵묵히 먹기만 했다. 마르그리트는 여전히 조제프에게 붙어 있었다.

「한 조각만 먹어 봐……. 제발! ……나를 위해서, 응?」

매그레는 입안 가득 파이를 우적거리면서 페이터르스 부인을 향해 말했다.

「만약 제가 이번 사건의 수사를 주도했다면 그 질문에 답변을 드릴 수 있을 테지만, 현실은 그렇지가 않군요……. 댁의 결백을 증명해 달라며 저를 여기 부른 사람이 바로 따님이라는 사실을 잊지 마십시오.」

판 데 베이르트는, 마치 말을 하고 싶은데 발언 기회가 영 주어지지 않은 사람처럼, 의자에서 몸을 꼼지락거렸다.

「하지만…….」

「어디까지나 상황을 주도하는 입장에 있는 사람은 마셰르 형사입니다.」

「하지만 반장님, 엄연히 서열이라는 것이 있지 않습니까? 그 사람은 일개 형사고 당신은…….」

「여기서 전 아무것도 아닙니다……. 자, 지금 당장 여러

분 중 누구에게 제가 무얼 묻고 싶어도, 그분은 대답을 하지 않을 권리가 있지요……. 제가 문제의 바지선에 오른 것은 선장이 원했기 때문입니다. 그러다 우연히 범행 도구와 함께 희생자가 입었던 망토를 발견하게 된 거고요…….」

「그렇다면…….」

「그래 봤자 아무것도 아닙니다! 이제부터 범인을 검거하려고 하겠죠. 어쩌면 지금 이 시각, 이미 검거가 이루어졌는지도 모릅니다! 단, 그로서는 얼마든지 자신을 방어할 수가 있어요. 예컨대 옷과 망치를 자기도 어디선가 발견했고, 그게 무언지 모른 채 그냥 보관해 두었다고 말할수 있습니다. 뿐만 아니라, 무작정 두려워서 도망을 친 거라고 할 수도 있죠. 그는 전에도 소송 사건에 휘말린 경험이 있는 자입니다. 사람들이 자기 말을 좀처럼 믿지 않으리라는 걸 잘 알고 있어요…….」

「그런 변명은 말이 안 되잖습니까!」

「원래 죄를 묻기란 죄를 변명하는 것 못지않게 성립시키기 어려운 법입니다. 다른 사람에게로 혐의를 돌리는 것도 얼마든지 가능해요. 오늘 정오쯤에 제가 무얼 알아냈는지 아십니까? ……제르멘의 오빠인 제라르가 한 달 전부터 자신이 처한 난관을 어떻게 해결할지 몰라 고민하고 있었답니다. 여기저기 빚을 지고 있었다나 봐요……. 설상가상으로, 금고에 있는 공금을 유용한 걸로

171

밝혀져, 그에 상당하는 액수에 이르도록 매달 급여의 반을 압류당해 왔답니다.」

「그게 정말입니까?」

「그 때문에 자기 여동생을 사라지게 해 피해 보상액을 노린다는 얘기까지 도는 것이죠.」

「세상에나!」

페이터르스 부인은 차마 파이를 마저 먹지 못하고 탄식을 내뱉었다.

「당신은 그를 잘 알고 있지 않소!」

조제프를 돌아보며 매그레가 말했다.

「오래전 일입니다. 종종 보곤 했죠…….」

「아이가 태어나기 전에 말이죠? 같이 여러 번 소풍도 갔고……. 내가 알기론, 누나도 당신들을 따라 동굴로…….」

순간 페이터르스 부인이 깜짝 놀라 딸을 돌아보았다.

「정말이니? 그건 모르고 있었네…….」

「전 기억이 안 나요!」

안나는 계속 파이를 먹으면서도 시선만은 반장에게로 향한 채 말했다.

「하긴 그건 별로 중요한 문제가 아닙니다. 가만, 내가 지금 무슨 얘기를 하는 거지? 안나 양, 파이 한 조각 부탁해도 될까요? ……아뇨, 과일 파이 말고…… 그 쌀로 만든 파이 맛을 잊을 수가 없군요. 당신이 만들었다고 했죠?」

「네, 맞습니다!」

어머니가 허겁지겁 대신 나섰다.

그러고는 갑작스런 침묵이 찾아왔다. 매그레가 입을 다물자, 다른 누구도 선뜻 입 열 생각을 못했다. 그저 음식 씹는 소리만 들릴 뿐. 반장이 포크를 떨어뜨렸고, 그걸 줍기 위해 허리를 숙여야 했다. 순간, 구두를 신은 섬세한 마르그리트의 발이 조제프의 발 위에 얹혀 있는 게 그의 눈에 들어왔다.

「마셰르 형사는 아주 유능한 젊은이랍니다!」

「그렇게 똑똑한 것 같지는 않던데요!」

마침내 안나가 천천히 말했다.

매그레는 그녀를 향해 서로 뜻이 통할 만한 미소를 지어 보였다.

「똑똑하게 보이는 사람이 그리 흔한 건 아니죠! 예컨대 나 같은 경우, 이 사람이 범인이다 싶으면 일부러 멍청하게 보이려고 무척 주의한답니다…….」

매그레의 입에서 일종의 자기 고백처럼 여겨지는 말이 새어 나오는 건 지금이 처음이었다.

그러자 판 데 베이르트 박사가 서둘러 깍듯한 태도로 단언했다.

「그렇다고 인상이 바뀔 리는 만무하죠! 적어도 골상학을 좀 공부했다는 사람한테는……. 그래요, 저는 당신이 실은 한성격 하시는 분이라고 확신합니다.」

마침내 다과 시간이 끝났다. 제일 먼저 반장이 의자를 뒤로 밀고, 파이프에 담배 가루를 다져 넣기 시작했다.

「마르그리트 양, 이쯤에서 당신께 부탁하고 싶은 게 뭔지 압니까? 바로 우리를 위해 피아노 앞에 앉아 〈솔베이지의 노래〉를 불러 주는 겁니다.」

그녀는 조제프를 보며 머뭇거렸다. 뭔가 도움을 바라는 눈치였는데, 페이터르스 부인이 중얼중얼 거렸다.

「얼마나 연주를 잘하는데요! 노래도 하죠!」

「한 가지 아쉬운 점은, 마리아 양이 발목을 접질린 바람에 우리와 함께하지 못하고 있다는 사실입니다. 오늘이 마지막 날인데…….」

안나가 얼른 돌아보며 물었다.

「벌써 떠나시게요?」

「네, 오늘 저녁……. 마냥 이렇게 놀고먹을 수야 있나요. 더욱이 결혼한 몸인 데다, 집사람이 하도 보채서…….」

「마셰르 형사님은요?」

「글쎄요, 어떤 결정을 내릴지 나는 모르겠습니다. 얼추 드는 생각에는…….」

그때 가게 문 종소리가 울렸다. 급한 발소리를 지나, 다급하게 문 두드리는 소리가 들렸다.

다름 아닌 마셰르, 무척 흥분한 상태였다.

「반장님 여기 계십니까?」

그는 온 가족이 다 함께 모여 있는 데 놀라, 처음에는 반장을 보지 못했다.

「무슨 일이오?」

「말씀드릴 게 있습니다.」

「잠시 실례 좀 하겠습니다.」

매그레는 모두에게 양해를 구한 뒤 형사를 따라 가게로 나가 카운터에 팔꿈치를 괴었다.

「저 사람들 정말 못 말리겠네!」

마셰르는 잔뜩 인상을 구긴 채 식당 쪽을 턱으로 가리켰다.

「저놈의 커피와 파이 냄새만 아니어도 좋으련만…….」

「그 얘기를 하려고 날 불러냈소?」

「아닙니다! 브뤼셀에서 온 소식이 있어요. 기차가 예정된 시각에 도착했다고 합니다.」

「근데 선장은 거기 없었고!」

「벌써 알고 계셨어요?」

「짐작하고 있었지……. 당신은 그자가 바보인 줄 알았던 거요? 난 아니었소! 그는 필시 어느 작은 역에서 내려, 다른 기차로 갈아타고, 또 갈아타고 그랬을 거외다. 오늘 저녁에는 아마 독일이나 어쩌면 암스테르담으로 건너갔을 거요. 아니, 아예 파리까지 갔을지도 모르지…….」

한데 마셰르가 의기양양한 표정으로 반장을 바라보았다.

「돈이 있다면 그럴 수도 있겠죠…….」

「무슨 얘기요?」

「제가 또 나름 조사를 하지 않았겠습니까! 그 카생이라는 친구에 대해서요. 어제 오전, 선술집 외상값을 갚지 못해 술도 얻어 마시지 못했답니다. 한데 그 정도는 약과예요! 모든 사람한테 빚을 졌더군요. 오죽하면 그의 배가 떠나지 못하도록 상인들이 공동 대처하기로 했다는 거 아닙니까…….」

매그레는 완전히 무관심한 표정으로 상대를 바라보고 있었다.

「그래서?」

「물론 이 정도에서 그칠 제가 아니죠! 일요일인 만큼 대다수 사람들이 집을 비우는 바람에 좀 힘들었습니다만……. 탐문 수사를 하러 영화관까지 찾아갔지 뭡니까.」

매그레는 파이프를 뻐끔거리면서, 천칭의 두 접시에 추를 하나씩 올려 균형을 맞춰 가는 재미에 푹 빠져 있었다.

「어제 제라르 피에드뵈프가 2천 프랑을 빌린 사실을 알아냈는데, 그나마 자기를 믿고는 내켜하는 사람이 없어 아버지 이름을 대신 걸었다고 하더군요.」

「그 두 사람이 만난 거요?」

「여부가 있겠습니까! 제라르 피에드뵈프와 카생이 벨기에 세관 쪽으로 둑길을 따라 함께 걷고 있는 걸 어느 세관이 보았다고 합니다!」

「그때가 몇 시였소?」

「거의 2시쯤 되었을 겁니다.」

「옳거니!」

「뭐가요? 만에 하나 피에드뵈프가 그 돈을 선장에게……」

「이보쇼, 마셰르, 결론은 신중해야지! 그런 식의 결론은 무척 위험한 발상이외다……」

「그렇더라도 아침까지 돈 한 푼 없던 자가 오후에 기차를 잡아탔다는 건 사실입니다. 호주머니에 돈을 두둑이 넣어서 말이죠……. 제가 역엘 가보지 않았습니까! 천 프랑짜리 지폐로 좌석 값을 치렀더군요. 그것 말고도 몇 장 더 있었나 보더라고요……」

「〈한 장〉 더 있었을지도 모르고?」

「글쎄요, 한 장이든, 몇 장이든……. 반장님이 제 입장이라면 어떻게 하시겠습니까?」

「나?」

「네.」

매그레는 한숨부터 내쉬었다. 그는 구두 뒤축에 파이프를 두드려 속의 재를 떨어낸 다음, 식당 문을 가리키며 말했다.

「나 같으면 진이나 한 잔 마시러 여길 오겠소. 더욱이 피아노 연주까지 들려주겠다는데!」

「아니 고작…….」

「자자, 당신도 지금 이 시간엔 시내에서 더 이상 할 일이 없을 테고……. 참, 제라르 피에드뵈프는 어디 있소?」

「여공과 함께 스칼라 영화관에 있습니다.」

「모르긴 해도 아마 둘이 칸막이 좌석을 잡았을 거요!」

매그레는 소리 없는 미소를 지으며, 어스름한 빛이 사람 윤곽을 뒤덮기 시작하는 식당 안으로 젊은 형사를 떠밀었다. 판 데 베이르트가 앉은 안락의자로부터 한 줄기 담배 연기가 천천히 오르고 있었다. 페이터르스 부인은 주방에서 식기 정돈에 여념이 없었다. 피아노 앞에 앉은 마르그리트는 건반 위로 이리저리 손을 움직이고 있었다.

「정말 제가 연주하기를 바라세요?」

「그럼요, 부탁합니다. 마셰르 당신은 여기 앉고…….」

조제프는 오른쪽 팔꿈치를 맨틀피스 위에 올려놓고, 부연 유리창만을 응시하며 서 있었다.

겨울이 지나가도
사랑스러운 봄날이
흘러가 버려도……

가을 낙엽과

여름의 열매가

모두 스러질지라도…….

목소리에 힘이 부족했다. 마르그리트는 끝까지 부르기
위해 안간힘을 다하고 있었다. 두 차례에 걸쳐 반주가 어
긋났다.

당신은 돌아올 거예요,

오, 나의 멋진 연인이여,

영원히 내 곁에 머물기 위해…….

안나가 보이지 않았다. 음악에 방해가 되지 않으려고
가능한 한 소리를 죽이면서 페이터르스 부인이 이리저리
움직이고 있는 주방에도 그녀는 없었다.

……내 마음 당신에게 주었네…….

담뱃불이 꺼진 줄도 모르고 침울하게 서 있는 조제프
의 모습이 마르그리트에게는 보이지 않았다.

어둠이 내리기 시작하는 지금, 조개탄 불꽃은 광택 어
린 탁자 다리를 비롯한 모든 사물들을 자줏빛 음영으로

휘감고 있었다.

마셰르는 아무도 모르게 슬그머니 자리를 뜨는 매그레를 보고 깜짝 놀라면서도 감히 따라 움직일 엄두를 내지 못했다. 반장은 삐걱대는 소리 하나 없이 계단을 다 올라가, 굳게 닫힌 두 개의 문 앞에 당도했다.

그곳은 이미 캄캄한 어둠에 잠겨 있었다. 다만 자기로 만들어진 두 개의 문손잡이만 유백색 둥근 형체로 떠올라 있었다. 반장은 불이 꺼지지 않은 파이프를 그대로 호주머니에 넣고 문손잡이를 돌려 안으로 들어간 다음, 등 뒤로 문을 닫았다.

바로 거기 안나가 있었다. 커튼 때문에 방은 식당보다 더 어두웠다. 모퉁이 구석을 비롯해 군데군데 잿빛 먼지 같은 것이 떠돌고 있었다.

안나는 꼼짝도 하지 않았다. 아무 소리도 듣지 못한 것일까?

그녀는 창문을 가로막고 서서 뫼즈 강의 황혼 녘 풍경을 바라보고 있었다. 강 맞은편에는 점등된 가로등마다 날카로운 빛을 어스름 속으로 쏘아 대고 있었다.

뒤에서 보니 안나가 울고 있는 것 같았다. 큰 체구. 보통 때보다 더 단단하고, 더 〈석상〉 같은 모습이었다.

그녀가 입은 회색 원피스는 글자 그대로 주변 분위기 속에 녹아드는 듯했다.

단 한 걸음만 남기고 매그레가 뒤로 바짝 다가드는 순
간 마루판 하나가 삐걱댔는데, 그럼에도 여자는 움찔하
지 않았다.

매그레는 뜻밖의 부드러운 태도로 그녀의 어깨에 손을
얹는 동시에, 내밀한 고백에 마음 열 준비가 된 사람처럼
깊은 한숨을 내쉬었다.

「여기 있었군요……」

여자가 그를 향해 돌아섰다. 차분해 보였다. 표정을 어
지럽히는 주름 한 줄 없이 엄격하게 가다듬어진 얼굴이
었다.

단지 알 수 없는 내면의 복받침으로 인해 서서히 목이
부풀어 오르고 있을 뿐…….

선명하게 들려오는 피아노의 선율 속에서 「솔베이지의
노래」 가사가 고스란히 떠오르고 있었다.

　신께서 부디
　크나큰 은혜 베푸시어
　당신을 지켜 주시길…….

연한 빛깔의 두 눈동자가 매그레의 눈을 더듬어 찾는
가운데, 아주 잠깐 흐느낌으로 씰룩거릴 뻔한 입술이 이
내 그녀다운 강직함을 되찾아 갔다.

10

술베이지의 노래

「여기서 뭐하시는 거예요?」

이상하게도 전혀 공격적으로 느껴지지 않는 어조였다. 매그레를 바라보는 안나의 눈빛에는 약간의 걱정, 혹은 두려움일지언정, 결코 미움이 담겨 있지는 않았다.

「내가 아까 한 얘기 당신은 다 들었을 겁니다. 나는 오늘 저녁에 떠납니다. 우린 개인적으로 아주 친밀한 느낌 속에 지난 며칠을 보냈죠……」

그는 주위를 둘러보았다. 두 아가씨가 쓰는 침대, 카펫으로 사용하는 백곰 가죽, 분홍빛 작은 꽃무늬 벽지, 어느덧 어둠만이 비치는 옷장의 거울…….

「떠나기에 앞서 당신과 마지막으로 얘기를 나누고 싶었습니다.」

장방형의 창문은 일종의 스크린처럼, 시시각각 불분명해지는 안나의 실루엣을 담아내고 있었다. 이전까지 눈치채지 못했던 어떤 점이 문득 매그레의 눈에 들어왔다. 불과 한 시간 전만 해도 그녀의 헤어스타일이 어떤지 말해 보라면 할 수 없었을 텐데, 지금은 달랐다. 바짝 땋아 내린 긴 머리채가 묵직한 나선 모양으로 목덜미에 드리워져 있었다.

「안나!」

1층 복도에서 페이터르스 부인이 외치는 소리가 들려왔다.

피아노 연주는 중단된 상태. 두 사람이 자리를 뜬 걸 다들 눈치챈 모양이었다.

「네! 저 여기 있어요…….」

「혹시 반장님 봤니?」

「네…… 같이 내려갈게요…….」

대답하느라 그녀는 문 앞까지 다가가 있었다. 다시 매그레 앞으로 돌아온 그녀의 굳은 눈빛은 자못 심각했고 표정은 진지했다.

「저한테 하실 말씀이 무언가요?」

「그건 당신이 잘 알 겁니다!」

여자는 전혀 시선을 피하지 않았다. 마치 나이 든 여자처럼 앞으로 얌전히 두 손 모은 채, 상대를 뚫어져라 쳐다보고만 있었다.

「이제 어떻게 하실 건데요?」

「말했지 않소, 파리로 돌아간다고…….」

그제야 여자의 목소리가 살짝 흐려졌다.

「저는요?」

그녀 안에 숨겨진 감정의 존재를 처음으로 들추어내는 순간이었다. 그녀 자신도 그 점을 느끼고 있었다. 분명 흔들리는 마음을 추스르려는 목적으로, 그녀는 전등 스위치 쪽으로 걸어가 불을 켰다.

노란 실크 갓이 씌워진 전등은 마룻바닥에 직경 2미터 정도의 원을 그릴 뿐이었다.

매그레가 말했다.

「우선 질문을 하나 해야겠습니다! 돈은 누가 조달한 겁니까? 단시간 내에 자금을 모아야만 했을 텐데. 은행은 닫았고…… 집 안에 큰돈을 지니고 있는 것도 아닐 테고…… 전화도 없고…….」

시간이 느리게 흘렀다. 두 사람 주위를 보기 드물게 완강한 적막이 감쌌다.

매그레는 이 조용한 소시민적 분위기를 끊임없이 흡입하고 있었다. 저 아래에서 어렴풋하게 들려오는 중얼중얼하는 목소리들. 짤막한 다리를 난로 쪽으로 뻗은 판 데 베이르트 박사, 아무 말 없이 서로를 바라보고 있는 조제프와 마르그리트, 점점 몸 달아 하고 있는 마셰르, 바느질거리를 만지작거리든지 잔에 진을 따르고 있을 페이터르스 부인…….

그러면서도, 이렇게 말하는 안나의 연한 눈동자를 반장은 놓치지 않고 있었다.

「마르그리트예요…….」

「그 여자 집에 돈이 있었나요?」

「돈하고 증권요……. 자기 어머니한테서 물려받은 재산을 스스로 관리해 왔어요.」

안나는 다시 물었다.

「이제 어떻게 하실 생각이세요?」

이번에는 그 질문을 하면서 눈망울에 물기가 촉촉해졌다. 하지만 매그레가 잘못 봤나 싶을 정도로 순간적이었다.

「당신은 어떻소?」

같은 질문이 자꾸만 반복된다는 사실 자체가 곧 두 사람 다 본론에 접근하기를 두려워한다는 증거였다.

「제르멘 피에드뵈프를 어떻게 당신 방에 끌어들였나요? ……잠깐! 일단 그에 대한 대답은 보류하고……. 그날 저녁 여자가 제 발로 와서 조제프의 소식을 물었고, 아이 양육비를 요구했죠……. 당신 어머니가 그녀를 맞이했습니다. 당신도 가게로 들어섰죠……. 그때 당신 스스로 살인을 할 것을 알고 있었습니까?」

「네!」

185

더 격해진, 패닉에 가까운 감정 상태. 목소리는 명쾌했다.

「언제부터 알고 있었죠?」

「거의 한 달 전부터요.」

매그레는 안나와 마리아 두 아가씨의 침대 가장자리에 걸터앉았다. 그는 자기 앞에 선 상대의 배경이 되어 주고 있는 벽지를 바라보며 손으로 이마를 훔쳤다.

이제 보니 그녀는 자신의 거사(擧事)에 자부심을 느끼는 것 같았다. 그에 대한 모든 책임을 자처하겠다는 자세였다. 충분히 사전에 심사숙고한 행동임을 선언하고 있었다.

「그렇게까지 동생을 아꼈던 겁니까?」

매그레는 알고 있었다. 이는 비단 안나의 경우에만 해당하는 것은 아니었다. 아마도 오래전에 페이터르스 영감에게선 그 명이 끊겨 버린, 혈족을 향한 애정과 보호의 감정과 밀접한 연관이 있는 것이 아닐까? 세 여자 즉, 어머니와 누나 둘은 더할 나위 없는 흠모의 정으로 집안의 젊은이를 보살폈고, 그것이 안나에게는 위험한 발상까지 불러일으킨 게 아니겠는가!

젊은이는 아름다운 남자가 아니었다. 비쩍 말랐다. 생김새의 균형이 맞지 않았다. 다소 길쭉한 얼굴에 큼직한 코, 피곤에 찌든 눈빛은 불안을 떠올리게 만들었다.

그럼에도 불구하고 그는 신이었다! 마르그리트 역시

그를 신처럼 떠받들고 있었다!

그러고 보니 일종의 집단적 공감대가 이루어졌을 법도 했다. 누나 둘과 어머니, 사촌 여동생까지 네 명의 여자가 몇 날 며칠을 조제프 얘기만 하고 있었을 터!

「그 애가 자살하지 않기를 바랐어요!」

순간, 매그레는 버럭 화를 낼 뻔했다. 그는 벌떡 일어나 방 안을 이리저리 서성거렸다.

「동생이 그런 말을 하던가요?」

「제르멘과 결혼하게 되면, 결혼식 당일 저녁에 죽어 버렸을 겁니다.」

매그레는 웃기까지는 하지 않았지만, 노골적으로 어깨를 으쓱했다. 전날 저녁 조제프가 털어놓은 속마음이 생각났던 것이다! 자신이 누구를 사랑하는지 더 이상 모르겠다는 조제프! 제르멘 피에드뵈프만큼이나 마르그리트에 대해서도 거의 두려움만을 느끼고 있는 조제프 말이다!

오로지 두 누나의 마음에 들어, 그들로부터 흠모의 감정을 계속 이끌어 내기 위해, 낭만적인 제스처를 취해 왔던 것뿐이다.

「그 애의 인생이 산산조각 나 있었습니다.」

맙소사! 모든 것이 어쩜 이다지도 「솔베이지의 노래」에 정확히 부합하는지!

당신은 돌아올 거예요,

오, 나의 멋진 연인이여…….

그 안에서 모두의 마음이 교차한 셈이다! 모두들 음악과 시, 내밀한 고백을 흥분제처럼 복용했던 것!

어설픈 저고리 차림에 근시일지언정, 한 여자의 연인으로서 조제프는 멋진 남자였다!

「당신의 계획을 다른 사람에게 발설한 적이 있나요?」

「아무에게도 말 안 했어요!」

「남동생한테도?」

「그 애한테는 더더욱 안 했죠!」

「그럼 한 달 전부터 당신 방에 망치를 모셔 두고 있었던 겁니까? ……잠깐! 이제 알 만하군!」

매그레의 숨소리가 격해지기 시작했다. 이번 사건의 처절하면서도 어처구니없는 일면이 온몸으로 전해져 왔다.

아직까지 꼼짝도 하지 않는 안나를 바라보는 것이 여간 힘들게 느껴지지 않았다.

「결국 당신이 발각되면 안 된다는 생각을 했던 거죠? 만약 들통 나면 조제프가 마르그리트와 결혼할 엄두를 못 낼 게 뻔하니까! 동원할 수 있는 온갖 무기를 생각해 두었겠지……. 권총은 너무 시끄러웠을 테고! 제르멘이 이곳에서 식사를 한 적이 없으니, 독약을 사용할 수도 없었을 거야……. 당신 손힘이 충분히 강했다면, 아마 목을 졸랐을지도 모르지…….」

「그것도 생각은 해봤습니다.」

「닥쳐요! ……당신은 망치를 가지러 공사장을 기웃거렸을 거야. 집에서 쓰는 도구를 활용할 만큼 바보는 아닐 테니까……. 그나저나 제르멘한테 뭐라고 했기에 순순히 당신 방까지 따라 들어온 거죠?」

여자는 아무렇지도 않게 당시 상황을 전했다.

「가게에서 막 울더군요……. 툭하면 우는 여자였어요. 어머니가 다달이 줘야 할 돈에서 일단 50프랑을 쥐여 주더군요……. 제가 그녀를 데리고 밖으로 나가서, 나머지를 주겠다고 약속했습니다.」

「그러고는 한밤중에 둘이서 집을 돌아 들어간 거로군……. 뒷문으로 들어와 2층으로 올라온 거야…….」

매그레는 문 쪽을 바라보며 낮게 중얼거렸다.

「문은 당신이 열었을 테고……. 여자더러 먼저 들어가라고 했겠지……. 망치는 준비된 상태였고…….」

「아니에요!」

「아니라니, 뭐가?」

「곧바로 후려친 게 아니에요. 애당초 그럴 용기까진 없었을지도 몰라요……. 모르겠네요……. 근데, 그 여자가 침대를 보면서 한다는 말이…… 〈우리 오빠가 여기 와서

당신을 만나는 모양이군? 당신은 참 운도 좋아요……. 용게 아이를 갖지 않으니 말이야!〉

그야말로 어처구니없게 너저분하고 진부한 사연이었을 뿐이다.

「몇 번을 내리친 거요?」

「두 번…… 금세 쓰러지더군요……. 일단 되는대로 침대 밑에 밀어 넣었죠…….」

「그러고는 아래층에 내려와 어머니와 마리아, 그리고 방금 도착한 마르그리트를 만나고…….」

「어머니는 아버지와 함께 주방에 있었어요. 내일 아침 판매할 커피 가루를 빻고 있었죠.」

「안나! 형사님이 그만 가보시겠단다…….」

페이터르스 부인이 부르는 소리가 또다시 들려왔다.

이번에는 매그레가 계단까지 나가 난간 너머 몸을 기울여 대답했다.

「잠시 기다리라고 해주십쇼!」

반장은 방으로 돌아와 문을 닫아걸었다.

「그 당시 언니하고 마르그리트에게 상황을 알렸나요?」

「아뇨! 대신 조제프가 곧 오리라는 걸 알고 있었죠. 남은 일은 혼자서 감당할 수가 없었어요. 아울러 그 상황에서 남동생이 집에 있는 모습을 누가 봐선 안 된다고 생각했습니다. 그래서 언니더러 둑길에 나가 조제프를 기다리다가 오는 게 보이면 곧장 집으로 들이지 말고, 가능한 한 오토바이를 멀리 놓아두게 하라고 시켰어요.」

「마리아가 놀라던가요?」

「무서워했어요. 영문을 몰라 했죠. 그러면서도 시키는 대로 해야 한다는 걸 느끼고 있었어요……. 마르그리트 는 피아노 앞에 앉아 있었는데…… 제가 연주와 노래를 부탁했어요. 위에서 소리가 날 것을 미리 알고서요…….」

「지붕 위 물탱크 생각을 해낸 것도 물론 당신이겠지!」

매그레는 기계적으로 담배를 채워 넣은 파이프에 불을 댕겼다.

「결국 조제프가 이 방에서 당신과 합류했고…… 사태 를 보더니 뭐라고 하던가요?」

「아무 말도 안 했어요! 이해를 못 하더군요! 망연자실 한 표정으로 저를 바라보기만 했죠. 가까스로 저를 도울 수 있었을 뿐입니다…….」

「지붕창 높이까지 시신을 들어 올려, 함석 물탱크까지 코니스를 따라 끌고 가려면……!」

이마에 굵은 땀방울이 흐르는 가운데, 반장은 혼잣말 을 그르렁댔다.

「대단하구먼!」

여자는 못 들은 척했다.

「제가 그 여자를 죽이지 않았다면, 아마 조제프가 죽었

191

을 겁니다……」

「마리아한테는 언제 사실을 알렸죠?」

「전혀 말 안 했어요! 언니는 저한테 물을 엄두도 내지 못했고요……. 그런데, 제르멘이 실종됐다는 게 알려지면서 뭔가 감을 잡기는 한 것 같더군요……. 그때부터 시름시름 앓았던 겁니다……」

「마르그리트는 어땠나요?」

「걔는 설사 짚이는 뭔가가 있어도, 굳이 알려고 하는 애가 아니랍니다……. 아시잖아요?」

알다마다! 집 안 곳곳을 들락날락하면서도 무엇 하나 알아차리지 못한 채, 지베 사람들이 누명을 씌운다며 무작정 노발대발하는 페이터르스 부인은 어떻고!

버들가지 안락의자에 처박혀 하루에 두세 번 꾸벅꾸벅 졸면서 주야장천 파이프만 피워 대는 페이터르스 영감은 또 어떤가…….

조제프는 가급적 모습을 드러내지 않으면서, 모든 뒤처리를 누나한테 맡긴 채 낚시로 돌아갔고…….

마리아는 저녁에 귀가할 때마다 모든 것이 발각되면 어쩌나 하는 마음에 하루 종일 속을 태우면서 수녀원 기숙 학교 근무를 이어 갔을 터…….

「물탱크에서 시신은 왜 도로 끄집어낸 겁니까?」

「결국엔 악취를 풍길 테니까요……. 사흘을 기다렸습

니다. 토요일에 조제프가 돌아왔고, 그때 같이 힘을 모아 시신을 뫼즈 강으로 옮겼어요.」

여자도 이제는 땀방울이 맺혔지만, 그 위치는 이마가 아닌 입술 바로 위 솜털 보송한 인중이었다.

「형사가 직접 나서서 우리를 의심하고 가차 없이 조사하는 걸 보면서 저는 생각했죠. 사람들 입을 다물게 만드는 최선의 방법은 저 자신이 먼저 경찰을 찾아가 도움을 청하는 거라고……. 시신만 찾지 못한다면……」

「사건을 종결 처리할 것이다!」

매그레가 으르렁거리듯 내뱉었다.

그는 다시 서성대면서 덧붙였다.

「근데 시신이 강에 유기되는 것을 목격하고, 망치와 옷을 물에서 건진 뱃사람이 있었다는 게 문제지……」

그러고 보면 에투알 폴레르호 선장의 파렴치한 행태는 전문 협잡꾼을 능가하는 수준이 아니었던가! 그는 경찰 앞에서 아무 말도 하지 않았다! 아니, 거짓말을 꾸며 대기까지 했다! 그러면서 실제 털어놓을 얘기보다 훨씬 더 상세히 아는 것처럼 여기도록 만들었으니!

그는 제라르 피에드뵈프를 만나 자신이 페이터르스네 가족을 꼼짝 못 하게 옭아맬 수 있다며 호언장담했고, 증언의 대가로 2천 프랑을 받아 챙겼다.

하지만 정작 증언은 하지 않았다. 대신 안나를 따로 만나, 양자택일을 강요했던 것.

즉, 자기 몫을 챙겨 주지 않으면 모든 걸 불어 버릴 것이고, 만약 상당한 액수를 쥐여 준다면 이곳에서 자취를 감춰, 모든 의혹이 플랑드르인의 집이 아닌 자신에게 쏠리도록 해주겠다는 얘기!

결국 돈을 내준 사람은 마르그리트였다! 일을 서둘러 처리해야 했으니까! 매그레가 이미 망치를 찾아냈고, 안나는 남의 주목을 끌지 않고는 잡화점 밖으로 나설 수 없는 상황! 그녀는 선장한테 쪽지를 써주어 마르그리트에게 전달하도록 했던 것이다.

잠시 후 달려온 사촌 동생이 물었다.

〈무슨 일인데요? 왜 언니가……?〉

〈쉿! 조제프가 곧 올 거야……. 너희는 머잖아 결혼을 할 거고…….〉

그때도 산만하고 가벼운 마르그리트는 더 이상 질문할 생각을 하지 못했다.

토요일 저녁, 집의 분위기는 느긋했다. 위험한 고비는 피한 상황. 선장은 도피 중이었다! 이제 잡히지만 않으면 되는 셈이었다…….

매그레는 투박하게 내뱉었다.

「당신 언니 마리아의 예민한 성격이 못 미더웠겠지…….
그래서 나뮈르에 머물러 있으라고 권한 거야. 아프다는

핑계를 대든지, 일부러 발목이라도 접질려서…….」

그는 속이 답답했다. 또다시 피아노 소리가 들렸는데, 이번에는 연주곡목이 「룩셈부르크 백작」이었다!

안나는 자신이 얼마나 끔찍한 짓을 저질렀는지 이해하고 있을까? 겉으로는 너무도 차분했다. 무언가를 기다리고 있었다. 눈빛은 한결같은 투명함을 담고 있었다. 그녀가 말했다.

「아래층에서 다들 걱정하겠어요!」

「그래요! 내려갑시다…….」

하지만 그녀는 꼼짝도 하지 않았다. 방 한가운데 우두커니 선 채 간단한 손짓으로 매그레를 멈춰 세웠다.

「이제 어떻게 할 생각이세요?」

「세 번이나 말했잖소! 오늘 저녁 파리로 돌아간다고…….」

매그레는 지친 듯한 목소리로 내뱉었다.

「하지만…….」

「그 밖에는 나와 상관없는 일입니다! 난 이곳에 공식적인 임무를 띠고 온 것이 아니에요. 마셰르 형사나 만나 보세요.」

「그 사람한테 얘기하실 건가요?」

매그레는 대답하지 않았다. 이미 문밖으로 나가 있었다. 집 안 곳곳에 퍼져 있는 달콤하고 은은한 냄새와 톡

쏘는 계피 향이 그로 하여금 옛 추억을 떠올리게 했다.

식당 문 밑으로 한 줄기 빛이 새어 나오고 있었다. 음악 소리가 좀 더 또렷하게 들렸다.

매그레는 문을 밀어 열었다. 그는 아무런 기척을 느끼지 못했기 때문에, 곧바로 자신을 따라 들어오는 안나를 보면서 흠칫 놀랐다.

「도대체 둘이서 무슨 밀담을 주고받은 겁니까?」

방금 큼직한 시가에 불을 붙여, 마치 아기가 엄마 젖을 빨듯 그 끝을 쪽쪽 빨아 대고 있는 판 데 베이르트 박사가 캐물었다.

「미안합니다……. 안나 양이 근래 생각 중인 여행에 대해서 이것저것 정보를 부탁해서요…….」

마르그리트가 갑자기 연주를 중단했다.

「정말이에요, 안나?」

「아, 당장 갈 건 아니고…….」

뜨개질을 하고 있던 페이터르스 부인은 아무 걱정 없는 눈길로 두 사람을 바라보았다.

「반장님 잔도 채워 놓았어요. 이젠 뭘 좋아하시는지 다 알거든요…….」

골똘한 표정의 마셰르는 무슨 일이 벌어진 건지 가늠하려 애쓰면서 반장을 유심히 살피고 있었다.

조제프로 말하자면, 진을 연거푸 몇 잔 들이켰기 때문

에 얼굴이 벌겋게 달아올라 있었다. 두 눈은 이글거렸고, 두 손은 부들부들 떨었다.

「마르그리트 양, 부탁 하나만 해도 될까요? 〈솔베이지의 노래〉를 마지막으로 한 번만 더 듣고 싶은데요…….」

그렇게 말한 뒤 매그레는 조제프에게 이렇게 덧붙였다.

「악보 넘기는 것 좀 도와 드리지 그래요?」

그건 마치 통증을 유발하기 위해 혀끝으로 충치를 자극하는 것처럼 심술궂은 제안이었다.

한쪽 팔꿈치를 맨틀피스 위에 기대고 스키담 잔을 손에 쥔 채, 매그레는 거실 안 모든 상황을 한눈에 굽어보고 있었다. 식탁 앞에 다소곳이 앉아 램프 불빛을 후광처럼 드리우고 있는 페이터르스 부인, 짤막한 다리를 한껏 뻗은 채 담배를 피우고 있는 판 데 베이르트, 벽에 기대 서 있는 안나, 그리고 피아노를 치고 노래를 부르는 마르그리트와 그 옆에서 악보를 넘겨 주고 있는 조제프에 이르기까지…….

피아노 상단에는 자수보가 덮여 있고 조제프와 마리아, 안나의 어린 시절을 시작으로 각 연령별 사진들이 놓여 있었다.

……신께서 부디…….

그중에서도 반장이 특히 주의 깊게 살피고 있는 사람은 안나였다. 아직은 단념하고 싶은 심정이 아니었다. 정확히는 모르지만, 그는 무언가를 기대하고 있었다.

글쎄, 흔들리고 있다는 생생한 징표? 입술의 경련이랄지, 글썽이는 눈물? 아니면 갑작스럽게 자리를 박차고 뛰쳐나가는 행동?

하지만 그런 징표는 전혀 드러나지 않는 가운데 1절이 끝났고, 마셰르가 반장의 귀에 대고 속삭였다.

「더 계실 겁니까?」

「몇 분만 더…….」

그렇게 짧은 귀엣말이 오가는 사이, 안나는 마치 자신에게 위협적인 상황이 무르익지 않나 확인하려는 듯 식탁 너머로 두 형사를 지켜보았다.

……영원히 내 곁에 머물기 위해…….

마지막 선율이 흐르는 동안에는, 새하얀 백발을 숙인 채 뜨개질에 열심인 페이터르스 부인이 이렇게 중얼거렸다.

「저는 지금까지 단 한 번도 누구 잘못되라고 빌어 본 적이 없어요. 그러면서도 하느님은 늘 스스로 하실 일을 아신다고 저 자신한테 말해 왔답니다! 만에 하나 저 아이들이 잘못된다면…….」

그녀는 차마 말을 잇지 못했다. 그만큼 감정이 복받쳐 있었다. 뜨개질 중인 양말로 그녀는 자신의 볼에 흘러내리는 눈물을 문질러 닦아 냈다.

안나는 반장만을 골똘히 응시할 뿐 아무런 동요가 없었다. 마셰르가 안달하며 말했다.

「저기요……. 죄송하지만 먼저 양해를 구해야겠습니다, 제가 아침 7시 기차를 타야 해서…….」

모두들 일어났다. 조제프는 어디로 시선을 둬야 할지 모르고 있었다. 우물쭈물하던 마셰르가 마침내 적절한, 아니 무난하게 마무리할 말을 생각해 냈다.

「그동안 여러분을 의심한 점 죄송하게 생각합니다. 하지만 워낙 겉으로 드러난 상황이…… 더욱이 선장이 도망만 치지 않았다면…….」

「안나, 이분들 좀 배웅해 드릴래?」

「네, 어머니…….」

그렇게 해서 결국 세 사람만 가게 쪽으로 건너갔다. 일요일이라 문은 열쇠로 잠겨 있었다. 등 하나만이 불을 밝힌 채 천칭의 구리 접시를 비추고 있었다.

마셰르는 여자의 손을 덥석 붙들고 악수하며 말했다.

「다시 한 번 죄송하다는 말씀 드립니다…….」

매그레와 안나는 잠시 서로 마주 보며 서 있었다. 마침내 안나가 먼저 입을 열었다.

「안심하세요. 전 여기 계속 있지 않을 겁니다……」

어두운 둑길로 나오면서 마셰르는 끊임없이 입을 놀렸지만, 매그레의 귀에 어쩌다 새어 드는 말은 그중 몇 마디뿐이었다.

「……범인의 신원이 밝혀진 이상, 저도 내일 낮시로 돌아가야죠……」

반장은 곰곰이 생각하고 있었다.

〈계속 여기 있지 않겠다니…… 대체 무슨 뜻이었을까? 정말 그럴 용기가 있을까?〉

50미터 간격으로 줄지은 가스등 불빛이 물살에 일렁이고 있는 뫼즈 강을 그는 하염없이 바라보았다. 이 밤도 여전히 잿더미 속에 감자알들을 구우며 시간을 죽이고 있을 피에드뫼프 영감의 저 강 건너편 공장 안뜰에만 보다 환한 불빛이 밝혀져 있었다.

골목 앞을 지나갔다. 집에는 아무런 불빛도 보이지 않았다.

11

안나의 결말

「일은 잘된 거예요?」

남편 기분이 몹시 안 좋은 걸 보자 매그레 부인은 깜짝 놀랐다. 그녀는 방금 벗은 외투를 건네받아 이리저리 더 듬어 보더니 말했다.

「또 비 맞고 돌아다닌 모양이네…… 언제 한번 된통 고생을 해야 정신 차리지! 그나저나 무슨 일이랍디 까? ……살인 사건이에요?」

「그냥 가족사!」

「당신 만나러 온 그 아가씨는 누군데요?」

「그냥 아가씨지 뭐…… 내 슬리퍼나 좀 주겠소?」

「알았어요! 내 더 묻지 않으리다! 지베에서는 잘 챙겨 먹은 거죠?」

「모르겠어……」

사실이었다! 도대체 식사를 제대로 한 기억이 거의 없

었다.

「내가 뭘 준비해 놨는지 맞혀 볼래요?」

「키슈!」[2]

집 안에 온통 냄새가 밴 터라, 맞히기는 어렵지 않았다.

「배고파요?」

「응, 여보……. 가만있자, 배고픈 건 나중 문제고……
여기 일이 어찌 됐는지부터 좀 들어 봅시다. 가구 일은 정
리가 된 것 같고……」

한데 식당을 둘러보면서도 매그레는 왜 그렇게 텅 빈
구석 자리만을 유독 뚫어져라 바라보았는지……? 아내가
지적하고서야 매그레 자신도 이유를 깨닫게 되었다.

「뭐 찾는 거라도 있나 보죠?」

「아! 피아노……」

「피아노라뇨?」

「아무것도 아니야! 말해도 몰라……. 당신이 만든 키
슈는 정말 놀라워……」

「알자스 출신 여자라면 이 정도는 다 할 줄 안다고요.
아이고, 계속 그렇게 먹다간 내 건 한 조각도 안 남아나
겠네……. 아 참, 피아노 얘기가 나와서 말인데, 5층에 사
는 사람들 말예요……」

2 크림, 햄, 계란 등을 넣어 만든 케이크.

그로부터 1년 뒤, 매그레는 위조지폐 사건을 조사하기 위해 푸아소니에르 가에 위치한 어느 수출 무역 회사 건물로 들어섰다.

넓찍한 건물 내부는 물건들로 가득한데, 사무실은 비교적 협소했다.

「저희가 돈다발 속에서 발견한 위조지폐를 가져오라고 하겠습니다.」

호출 벨을 누르며 사장이 말했다.

이리저리 둘러보던 매그레의 시야에, 저만치 다가오는 스타킹 신은 다리와 회색 치마가 어렴풋이 들어왔다. 고개를 들자 책상 앞에 다소곳이 숙인 얼굴이 보이고, 매그레는 한동안 꼼짝할 수도 없었다.

「고마워요, 안나 양……」

반장의 시선이 여직원을 좇는 동안, 사장이 얘기를 이어 갔다.

「어딘지 성깔 있어 보이는 여자죠……. 하지만 저런 여자가 비서 역할은 참 잘한답니다! 보통 남자 직원 두 명 몫은 너끈히 해내요. 우편 업무를 도맡아 처리할 뿐 아니라, 짬을 내서 경리 쪽 일까지 끌어다 한다니까요……」

「데리고 있은 지 오래됐나요?」

「한 10여 개월 되죠.」

「기혼인가요?」

「천만에요! 그거 하나가 단점이라면 단점인데, 남자라면 아주 질색을 하는 것 같더라고요. 하루는 제 친구 하나가 볼일이 있어 왔다가, 장난으로 웃으면서 허리를 살짝 건드렸거든요⋯⋯. 그때 저 여자 매서운 눈초리를 보셨다면 아마⋯⋯. 그래도 아침 8시면 꼬박꼬박 회사로 출근한답니다. 어떤 땐 그보다 일찍 나오기도 하고요. 저녁엔 제일 마지막에 퇴근하는 직원이 또 저 여자예요. 말하는 억양을 보면 외국 출신 같기는 한데⋯⋯.」

「제가 잠시 얘기를 나눠 봐도 괜찮을까요?」

「불러 드리죠.」

「아, 아닙니다! 제가 직접 가서 얘기하겠습니다.」

매그레는 유리문을 지나 비서실로 건너갔다. 화물 트럭들이 빼곡히 주차된 마당이 바로 내다보였다. 푸아소니에르 가를 질주하는 자동차들로부터 오는 진동이 건물 전체에 전해지는 것 같았다.

안나는 방금 전 사장 앞에서 다소곳한 자세를 취할 때처럼, 매그레가 아는 늘 그대로의 차분한 모습이었다. 필시 지금 나이가 스물일곱일 텐데, 한 서른은 되어 보였다. 예전 같은 상큼한 혈색도 아니었고, 세세한 생김새에서도 다소 시든 감이 느껴졌다.

한 2~3년만 지나면 더 이상 나이를 가늠하기 어려울 듯싶었고, 10년 후면 이미 할머니 취급을 당할 것 같았다!

「남동생은 잘 지냅니까?」

여자는 고개를 돌린 채 압지틀만 기계적으로 움직이고 있었다.

「그 친구 결혼은 했나요?」

이번에는 고개를 한 차례 끄덕였다.

「행복하게 살죠?」

순간, 매그레가 그토록 오래 기다려 온 눈물이 한꺼번에 솟구치는 것이었다. 여자는 목이 메는 소리로, 마치 모든 책임이 그한테 있다는 듯, 이렇게 내뱉었다.

「그때부터 술을 마시기 시작했어요……. 마르그리트는 아이를 가지고 싶어 하는데…….」

「일은요?」

「사무실을 내긴 냈지만 수익이 변변치 않았답니다. 랭스에서 한 달에 천 프랑 주겠다는 자리를 받아들여야 했죠…….」

그녀는 손수건으로 눈 주위를 콕콕 찍어 눈물을 훔쳤다.

「마리아는 어때요?」

「수녀가 되기 일주일 전에 죽었어요…….」

전화벨이 울렸고, 안나는 메모지 철을 손으로 끌어오면서 목소리를 달리해 전화를 받았다.

「네, 보름 씨……. 알겠습니다. 내일 저녁요. 곧 전보를 띄우겠습니다. ……모직물 적재와 관련해서는 따로 주의 사항을 적어 편지를 보내 드리겠습니다. ……아뇨! 그럴 시간이 없어서……. 편지를 읽어 보시면 될 겁니다……」

여자가 전화를 끊었다. 문 앞에 사장이 와서 비서와 매그레 반장을 번갈아 바라보고 있었다.

반장은 다시 사장실로 건너왔다.

「어떻던가요? ……아 참, 제가 정숙하단 말씀은 안 드렸죠! 그 점에 있어선 거의 우직할 정도라니까요……」

「사는 곳이 어디랍니까?」

「저도 모릅니다……. 실은 정확한 주소를 모르는 셈이죠. 여자들만 사는 어떤 임대 아파트에 산다는 것만 알고 있습니다. 모 자선 단체에서 운영한다던가……. 그나저나…… 왠지 슬슬 걱정이 되는걸요! 저 여자를 직무상 아시는 건 설마 아니겠죠? 그렇다면 여간 불안한 문제가 아니거든요……」

매그레는 천천히 대답했다.

「직무와는 관련이 없습니다. 돈다발 속에서 이 위조지폐를 발견하셨다고요……?」

사장과 이야기를 하면서도 매그레는 옆방에서 전화를 받고 있는 여자의 목소리에 잔뜩 귀 기울이고 있었다.

「안 되는데요, 지금 손님이 오셔서요. ……저는 마드무아젤 안나라고 합니다. 제가 전해 드리지요……」

선장 소식은 여전히 오리무중인 게 분명했다.

『플랑드르인의 집』 연보

제목

Chez les Flamands

집필일

1932년 1월

집필 장소

알프마리팀의 카프 당티브, 지금의 바콩 가에 위치한 레 로슈 그리즈 빌라

초판 인쇄일

1932년 3월

초판 서지 정보

판형 12 × 19cm, 분량 250면

초판 발행 출판사

Arthème Fayard & Cie

초판 표지 사진

Hug Bloc

작품 배경

지베

참조 사항

이 작품의 배경인 프랑스와 벨기에의 국경 지역 지베라는 도시는 1929년에서 1930년 사이, 심농이 오스트로고트 호로 북유럽 순항을 하던 중 잠시 기착했던 곳이다. 이 작품에서 반복적으로 환기되는 「솔베이지의 노래」는 사건의 전모를 파악하기 위한 모티프로 작용한다. 국경 지대의 우수 어린 분위기와 어우러져 아침엔 그로그, 낮엔 맥주, 저녁엔 벨기에식 진을 마시는 멋스러운 여유와 함께, 범죄보다는 그 이면의 삶을, 범인보다는 그 속의 인간을 항상 들여다보는 매그레식 휴머니즘이 빛나는 작품이다.

세계 주요 출간 현황

- 미국 초판: *The Flemish Shop*(Harcourt, Brace & Co., 1941), *Maigret and the Flemish Shop*(Harvest/HBJ, 1990)
- 영국 초판: *The Flemish Shop*(George Routledge & Sons, 1940), *The Flemish Shop*(Pan Books, 1950)
- 캐나다 초판(영어): *The Flemish Shop*(Musson, 1940)
- 이탈리아 초판: *La casa dei fiamminghi*(A. Mondadori, 1932)
- 벨기에(네덜란드어) 초판: *De familie Peeters*(Espes, 1944)
- 독일 신판: *Maigret bei den Flamen*(Diogenes, 2008)

영화 및 TV 드라마 각색

- 「The Flemish Shop」(1963), 영국, BBC, 드라마, Eric Tayler 감독, Rupert Davies 주연
- 「Maigret chez les Flamands」(1976), 프랑스, Antenne 2, 드라마, Jean-Paul Sassy 감독, Jean Richard 주연
- 「Maigret chez les Flamands」(1991), 프랑스/벨기에 등, 드라마, Serge Leroy 감독, Bruno Crémer 주연

조르주 심농 연보

1903년 <u>출생</u> 2월 13일 조르주 조제프 크리스티앙 심농Georges Joseph Christian Simenon이 벨기에 리에주 레오폴드 가 26번지에서 보험 회사 직원인 데지레 심농과 앙리에트 브륄 사이의 첫째로 태어남.

1906년 <u>3세</u> 9월 21일, 조르주의 동생 크리스티앙 출생.

1908년 <u>5세</u> 기독교 학교인 앵스티튀 생앙드레 데 프레르에 입학.

1914년 <u>11세</u> 예수회 교도들이 운영하는 생루이 중학교에 입학.

1915년 <u>12세</u> 생세르베 중학교로 전학해, 별 두각을 드러내지 못한 채 3년 동안 다님.

1918년 <u>15세</u> 아버지가 중병으로 쓰러지자 학업을 그만두고, 서점 등에서 이런저런 잡일을 하며 생계를 꾸림.

1919년 <u>16세</u> 벨기에 일간지 「가제트 드 리에주Gazette de Liége」에 입사. 1922년 12월까지 그곳에서 여러 가명으로 약 1천 편의 기사를 씀. 첫 콩트 중 하나인 『미지근한 과일 졸임 그릇*Le Compotier tiède*』을 씀.

1920년 <u>17세</u> 〈라 카크〉라는 술집을 드나드는 무명 예술가 및 작가

들과 교제하기 시작.

1921년 18세 화가 레진 랑숑을 만남. 심농은 그녀에게 티지Tigy라는 별명을 붙여 주고, 단 12부만 인쇄한 소책자 『우스꽝스러운 사람들Les Ridicules』을 바침. 첫 소설 『아르슈 다리에서Au Pont des Arches』가 조르주 심이라는 이름으로 출간. 11월 28일 아버지 데지레 심농이 44세의 나이로 사망. 심농은 즉시 자원 입대해 군 복무를 하기로 결심함.

1922년 19세 12월 파리 북역에 도착.

1923년 20세 레진 랑숑과 결혼하고 트라시 후작의 비서로 일하기 시작함.

1924년 21세 다소 가벼운 잡지들에 콩트를 쓰기 시작. 이 소설들은 장 뒤 페리, 조르주마르탱 조르주, 곰 귀, 크리스티앙 브륄, 조르주 심 같은 20여 개의 가명으로 출간됨.

1925년 22세 가을이 끝날 무렵 조제핀 바케르를 만남. 그들의 열정적인 관계는 1927년 6월까지 지속됨.

1928년 25세 선박 유람에 관심을 가지기 시작해 〈지네트〉호를 타고 프랑스의 운하와 강들을 유람함. 물길 안내인, 선원, 수문지기, 마부들의 세계에서 많은 영감을 받게 됨.

1929년 26세 주간지 『데텍티브Détective』에 조르주 심이라는 가명으로 퀴즈 식의 짧은 이야기들을 실음. 〈오스트로고트〉호를 타고 유럽 북부 운하들을 둘러봄. 9월 네덜란드의 델프제일 항에서 배를 수리하는 동안 처음으로 〈매그레 반장〉이라는 인물을 구상.

1930년 27세 조르주 심이라는 가명으로 낸 『작품집L'Œuvre』에 매그레 반장을 주인공으로 내세운 이른바 대중적인 소설 「불안의 집 La Maison de l'inquiétude」을 실음. 여세를 몰아 쓴 『수상한 라트비아인Pietr-le-Letton』을 출판인 아르템 파야르에게 보내나 아르템은 시큰둥한 반응을 보임.

1931년 28세 성공을 확신한 심농은 다른 두 편의 매그레, 『갈레 씨, 홀로 죽다*Monsieur Gallet, décédé*』와 『생폴리앵에 지다』를 쓰고, 결국 아르템 파야르에서 출간됨. 2월 20일 이 두 편의 소설이 〈인체 측정 무도회〉란 이름의 출간 기념회에서 소개되어 예상과 달리 큰 성공을 거둠. 그리하여 이해에만 무려 열한 편의 매그레가 출간됨.

1932년 29세 새 매그레 여섯 편이 출간됨. 4월 심농의 소설을 원작으로 한 첫 장편 영화, 장 르누아르의 「교차로의 밤*La Nuit du carrefour*」 개봉. 몇 주 후에는 장 타리드의 「누런 개*Le Chien jaune*」가, 그리고 1933년에는 아리 보르가 매그레 반장 역을 맡은 쥘리앵 뒤비비에의 「타인의 목*La Tête d'un homme*」이 개봉.

1933년 30세 추리 소설 컬렉션에 넣지 않을 첫 번째 작품 『운하의 집*La Maison du canal*』을 본명으로 출간. 그리고 「파리수아르 Paris-Soir」 주관으로 트로츠키와 대담을 나누는 등 여러 편의 르포를 주요 잡지에 게재. 10월 가스통 갈리마르와 출판 계약을 체결.

1934년 31세 소설과 르포를 번갈아 냄. 갈리마르는 『세입자*Le Locataire*』를, 파야르는 수사 시리즈를 마친다는 의미로 간단하게 『매그레*Maigret*』라는 제목을 붙인 열아홉 번째 매그레를 출간.

1935년 32세 세계 일주를 하며 『흑인 구역*Quartier nègre*』과 『일주 *Long cours*』(1936년 출간) 같은, 〈이국적〉 소설들을 씀.

1938년 35세 『지나가는 기차를 바라본 남자*L'Homme qui regardait passer les trains*』, 『라 수리 씨*Monsieur La Souris*』, 『항구의 마리*La Marie du port*』 등 주요 작품 여러 편이 갈리마르에서 출간.

1939년 36세 4월 19일 브뤼셀에서 티지가 첫 아들 마르크를 출산.

1940년 37세 샤랑트앵페리외르 지역 벨기에 피난민 고등 판무관으로 임명됨. 그를 진찰한 한 의사가 앞으로 2~3년밖에 살지 못할 거라는 진단을 내려, 겁을 집어먹은 그는 곧바로 첫 자전적 작품 『나는 기억한다*Je me souviens……*』를 유언 삼아 쓰기 시작함.

1942년 <u>39세</u> 생메스맹르비외에 정착. 『쿠데르 씨의 미망인*La Veuve Couderc*』과, 제목 그대로 매그레 반장이 돌아왔음을 알리는 단편집 『매그레 반장, 돌아오다*Maigret revient*』를 갈리마르에서 출간.

1945년 <u>42세</u> 나치에 부역했다는 혐의로 〈거주지 지정〉을 강요당해 사블돌론에서 지내다가 파리에 몇 달 머문 다음, 염두에 뒀던 미국행을 준비. 10월 티지, 마르크와 함께 뉴욕에 도착. 11월 캐나다 여성 드니즈 위메를 만나 첫눈에 반함. 이 첫 만남은 이듬해 초에 출간된 『맨해튼의 방 세 개*Trois chambres à Manhattan*』에 생생하게 묘사됨. 이 책을 시작으로 이후 그의 모든 작품들은 프레스 드 라 시테 출판사에서 출간됨.

1946년 <u>43세</u> 아내 티지, 정부 드니즈와 함께 자동차로 미국 횡단 시도. 11월 플로리다에 정착. 쥘리앵 뒤비비에가 『이르 씨의 약혼*Les Fiançailles de Monsieur Hire*』을 원작으로 영화 「패닉*Panique*」을 제작함.

1947년 <u>44세</u> 애리조나의 투손으로 이사. 그곳에서 『잃어버린 암말*La Jument perdue*』과 『눈은 더러웠다*La Neige était sale*』를 씀. 투마카코리에 잠시 머문 다음, 1949년 다시 투손으로 돌아감.

1948년 <u>45세</u> 앙드레 지드의 권고에 따라 『나는 기억한다……』의 분량을 늘려 소설화한 『혈통*Pedigree*』을 출간.

1949년 <u>46세</u> 제2차 세계 대전 동안 나치에 부역했다는 혐의를 벗음. 9월 29일 드니즈가 투손에서 둘째 아들 장, 일명 존을 출산.

1950년 <u>47세</u> 티지와 이혼하고 드니즈와 결혼. 코네티컷의 레이크빌에 5년간 정착함. 이 시절 심농은 『에버튼의 시계 수리공*L'Horloger d'Everton*』, 『매그레 반장의 권총*Le Revolver de Maigret*』을 비롯한 스물여섯 편의 소설을 써낼 정도로 왕성한 창조력을 발휘함. 토마 나르세자크가 『괴짜 심농*Le Cas Simenon*』을 출간.

1951년 <u>48세</u> 앙리 드쿠앵이 연출하고 장 가뱅과 다니엘 다리외가 출연한 영화「베베 동주에 관한 진실La Vérité sur Bébé Donge」개봉.

1952년 49세 로얄 아카데미 회원으로 임명됨으로써 프랑스와 벨기에로 금의환향.

1953년 50세 레이크빌 인근에서 드니즈가 딸 마리조르주 심농, 일명 마리조를 출산.

1955년 52세 유럽으로 완전히 돌아와 가족과 함께 처음에는 무쟁, 나중에는 칸에 거주함.

1957년 54세 가족과 함께 스위스의 보 주(州)에 있는 에샹당 성에서 살기로 결정. 장 들라누아가 장 가뱅 주연의「매그레 반장, 덫을 놓다Maigret tend un piège」를 제작. 그는 1959년, 역시 장 가뱅이 주연을 맡은「매그레 반장과 생피아크르 사건Maigret et l'affaire Saint-Fiacre」도 제작함.

1959년 56세 로잔에서 드니즈가 막내 피에르를 출산. 프레스 드 라 시테가 심농이 쓴 몇 안 되는 에세이 중 하나인『프랑스 여성La Femme en France』을 출간함.

1960년 57세 제13회 칸 영화제 심사 위원장을 맡음. 의학 소설『곰 인형L'Ours en peluche』출간.

1962년 59세 드니즈의 하녀 테레자 스뷔를랭과 연인 관계를 맺기 시작. 그녀는 서서히 그의 동반자 자리를 차지하게 됨. 장 피에르 멜빌이 심농의 동명 작품을 영화화한「페르쇼 가의 장남L'Aîné des Ferchaux」을 제작. 장 폴 벨몽도와 샤를 바넬이 주연을 맡음.

1963년 60세 에샹당을 떠나 로잔 근처의 에팔랭주에 정착.『비세트르의 고리Les Anneaux de Bicêtre』를 출간.

1966년 63세 9월 3일, 네덜란드 델프제일 항에 매그레 반장 동상이 세워짐.

1967년 64세 심농 전집(72권)이 랑콩트르 출판사에서 출간되기 시작. 1971년 영화화되기도 한 작품 『고양이*Le Chat*』 출간.

1970년 ₆₇세 1929년에 재혼해 조제프 앙드레 부인이 된 어머니 앙리에트 심농이 90세의 나이로 리에주에서 사망. 두 번째 자전적 작품 『내가 늙었을 때*Quand j'étais vieux*』 출간.

1972년 ₆₉세 마지막 본격 소설 『결백한 자들*Les Innocents*』과 마지막 매그레 『매그레와 샤를 씨*Maigret et Monsieur Charles*』를 출간. 9월 18일 평소처럼 서류 봉투에 책 제목을 쓴 후 갑자기 이 책을 쓸 수 없다는 것을 깨닫고, 즉시 소설 창작에 마침표를 찍기로 결심.

1973년 ₇₀세 더 이상 다른 사람 아닌 자기 자신의 입장에 서기로 결심하고, 녹음기를 장만해 자신에 대해 말하기 시작.

1974년 ₇₁세 에팔랭주를 떠나 로잔의 〈라 메종 로즈(장밋빛 집)〉로 이사. 『어머니께 보내는 편지*Lettre à ma mère*』 출간.

1975년 ₇₂세 스물한 편의 〈구술*Dictées*〉 가운데 첫 두 편, 『남다르지 않은 사내*Un homme comme un autre*』와 『발자국*Des traces de pas*』 출간.

1976년 ₇₃세 심농 재단을 설립한다는 조건으로 리에주 대학교에 자신이 소장한 문학 자료들을 기증.

1978년 ₇₅세 5월 19일 마리조가 권총으로 자살함.

1981년 ₇₈세 마지막 〈구술〉 네 편(『우리에게 남은 자유*Les Libertés qu'il nous reste*』, 『잠든 여인*La Femme endormie*』, 『낮과 밤*Jour et nuit*』, 『운명*Destinées*』), 그리고 그의 작품 중 가장 분량이 많은 『내밀한 회고록*Mémoires intimes*』을 출간.

1985년 ₈₂세 6월 24일 첫 아내 레진 랑숑 사망.

1989년 ₈₆세 9월 4일 월요일, 스위스 레만 호숫가, 로잔의 보 리바주 호텔에서 사망.

매그레 시리즈 14 플랑드르인의 집

옮긴이 성귀수는 연세대학교 불어불문학과를 졸업했으며 동 대학원에서 박사 학위를 받았다. 1991년 『문학정신』을 통해 시인으로 등단하였다. 시집으로 『정신의 무거운 실험과 무한히 가벼운 실험정신』이 있고, 옮긴 책으로 크리스티앙 자크의 『모차르트』, 크리스틴 스팍스의 『엘리펀트맨』, 〈스피노자의 정신〉의 『세 명의 사기꾼』, 아멜리 노통브의 『적의 화장법』, 가스통 르루의 『오페라의 유령』, 기욤 아폴리네르의 『이교도 회사』, 『일만 일천 번의 채찍질』, 모리스 르블랑의 〈아르센 뤼팽 전집〉(20권), 조르주 심농의 『수상한 라트비아인』, 『네덜란드 살인 사건』, 『게물랭의 댄서』 등이 있다.

지은이 조르주 심농 옮긴이 성귀수 발행인 홍지웅
발행처 주식회사 열린책들 주소 경기도 파주시 교하읍 문발리 499-3 파주출판도시
대표전화 031-955-4000 팩스 031-955-4004 홈페이지 www.openbooks.co.kr
Copyright (C) 주식회사 열린책들, 2011, Printed in Korea.
ISBN 978-89-329-1514-2 03860 발행일 2011년 10월 20일 초판 1쇄

이 도서의 국립중앙도서관 출판시도서목록(CIP)은 e-CIP 홈페이지(http://www.nl.go.kr/ecip)와 국가자료공동목록시스템 (http://www.nl.go.kr/kolisnet)에서 이용하실 수 있습니다.(CIP제어번호: CIP2011004385)